LITCHIS DE MADAGASCAR

Aquiles Cuervo

Litchis de Madagascar

El fin de la noche

Cuervo, Aquiles
Litchis de Madagascar. - 1a ed. - Buenos Aires : El fin de la noche, 2011.
98 p. ; 20x13 cm. - (El parque escondido)

ISBN 978-987-1491-29-2

1. Literatura. I. Título
CDD 860

Imagen de tapa: "Looking for Mulholland Drive",
de Susana Borda y Alberto Bejarano.

El fin de la noche

ISBN 978-987-1491-29-2
Editorial El fin de la noche

Hecho el depósito que previene la ley 11.723

Para sugerencias o comentarios acerca del contenido de esta obra,
escríbanos a: **info@elfindelanoche.com.ar**

www.elfindelanoche.com.ar

In memoriam Hernando Martínez,
Margarita González y François Zourabichvilli

"... Baby, oh what a story I could tell.
It's been nice seeing you, you read me like a book..."

Under your Spell, Bob Dylan

Prólogo

El litchi es un jugoso fruto tropical de origen chino. Se cultiva hace más de cuatro mil años. Este árbol, de más de treinta metros, tarda cinco o seis años en dar frutos. Los antiguos lo llamaban "manjar blanco" por ser manjar de reyes, y en Europa lo consideran el "fruto-rey" del invierno. Aunque sus propiedades medicinales son muy conocidas, ciertas personas aprecian más sus semillas brillantes que su pulpa, ya que éstas brillan de cinco a seis días. Viejos mitos asiáticos, africanos y sudamericanos les atribuyen a los litchis poderes mágicos. Escuché de esas historias en el pueblito de Tadó, en el Pacífico colombiano; aunque, en los relatos orales de Don Hermes, no eran litchis, sino marañones, de sabor parecido. De allí podría venir la tentación de asociar estos "litchis de Madagascar" con alguna forma de "realismo mágico" tardío. Sin embargo, hasta donde sé, esta clase de litchi -el de Madagascar- no se da en Colombia.

Dominó

Una mañana

Si me faltaran palabras para narrar, sólo podría cantar una oxidada canción de Nick Drake: "Can you now recall all that you have known... If you know the way to blue?". Copio y pego estas palabras que alguna vez me supe de memoria. Las aprendí una noche. Y creí aprenderlas para siempre. ¿Qué quería decir ese *blue*? No era eso que los franceses llaman *azur*. Ni un poema en clave simbolista para unos pocos iniciados.

Drake, Cave o el que sea, uno de esos cantores que escuchas toda tu vida, y te va mostrando lo que se va evaporando. Ahora, cuando ya estoy sintiéndome viejo, miro hacia atrás y me llegan sus canciones. Me dicen algo. Cuando tenía veinte años, no me gustaban ni la música ni el cine de carretera. Vivía en casa de mis padres. Es decir: vivía en la casa que fue de mis padres, y más exactamente en el garaje. Era una casa de los suburbios y, aunque cada mes veía cómo uno de mis amigos se escapaba de su casa, yo no me sentía del todo mal. No, yo nunca me fui. Me quedé por la fuerza de la costumbre. Pasaron muchos años, casi veinte, y vi volver a casi todos mis amigos: unos casados, otros separados, algunos con hijos. Algunos simplemente no volvieron. Después de la muerte de mis padres en un accidente de moto, alquilé la casa y adecué el garaje para mí. Me dediqué durante meses a reconstruir, pieza por pieza, lo que había quedado de esa moto. Una Harley Davidson del cincuenta y seis. Tuve que pedir repuestos al extranjero y más de una vez creí que no lo lograría. Cuando me desanimaba, iba al viejo tocadiscos y escuchaba el único disco que conservé de mis padres.

***

Mi nacimiento, en el verano de 1971, los tomó por sorpresa. Hasta me atrevería a decir que nací por casualidad, pues los dos estaban decididos a abortarme, pero al final no se decidieron. Nunca supe por qué. Ninguno de los dos trabajaba y vivían de la renta que les había dejado un hermano de mi madre, muerto en Vietnam: un par de locales comerciales en el centro de la ciudad. Se perdían durante semanas en su moto. A veces me llevaban y, cuando no lo hacían, me dejaban en lo de un primo de mi madre, Augusto, vendedor de seguros de vida. Ahora que lo pienso, no deja de ser irónico que Augusto tuviera ese trabajo. Nunca pudo venderles un seguro a mis padres. Aún lo recuerdo, durante el entierro, diciéndome en voz baja: "No me hicieron caso. No pensaron en ti. En tu futuro, en tus estudios. Un día tendrás que casarte y necesitarás dinero para ser alguien. Muchas veces les dije que me compraran un seguro para ti. Y mira ahora. Mira lo que ha pasado". Yo lo miraba y no entendía bien, pues yo veía a mis padres en sus ataúdes y me preguntaba para qué hubieran servido esos seguros.

Entonces yo tenía veinte años. Ahora tengo cuarenta y uno. Casi la edad de mis padres cuando yo nací. Pocas veces me pongo a pensar en su accidente. Una amiga de mi madre me dice que la reparación de la moto fue mi terapia y que, si hago cuentas, a la larga me salió más barato que visitar a un psicoanalista. Aunque al final me dice que de todas formas debería ir a uno. Pues no sé. No maté a mi madre con un martillo. Sólo se murieron, y ya.

La moto sigue ahí, arreglada desde hace veinte años, parqueada en mi garaje. La prendo de vez en cuando, pero nunca la he usado. Incluso he tenido ganas de venderla. Una vez puse un aviso en el periódico y vinieron a verla de todas partes. Todos me ofrecieron una fortuna, pero no la vendí. Supongo que no quise hacerlo porque, igual que la moto, yo sigo aquí. Mis padres siguen en ese retrato de mi mesita de noche. Yo sigo durmiendo en este garaje -que más parece una cava-. Los inquilinos de la casa siguen ahí. Hace veinte años que viven en mi casa, me pagan religiosamente la renta, me invitan cada mes a comer con ellos y me ofrecen como aperitivo los mismos litchis de Madagascar. ¿Por qué sólo litchis? Igual siempre termino comiéndome todos los que me sirven y me traigo algunas semillas para el garaje. Nunca las he contado, pero debo tener más de cien. Mis vecinos siguen ahí, yendo a misa cada domingo. Las campanas de la iglesia suenan todos los días a la misma hora. Aquí todo funciona igual. Nada llega a destiempo. La vieja de los rulos amarillos camina con su perro salchicha a las seis de la tarde. A las seis de la mañana reparten los periódicos, y a las nueve todo el mundo se ha ido a trabajar. En la radio, el periodista que informa el clima -siempre el mismo, con ese nombre de sombrilla- da siempre su mismo informe y se escuchan los mismos comerciales. Afuera, las guerras sólo cambian de nombre y de lugar. A la hora del almuerzo, un sándwich con mermelada de maní y una cerveza local. Por la tarde unos van al billar y otros a la peluquería. Por la noche todos ven televisión y se duermen.

***

Hoy me he sentado en la moto por primera vez. Al fin me decido a sacarla del garaje. Había viajado en moto con ellos, pero nunca solo. Tomo la ruta 77 y veo la noche llena de murmullos, de colores y de luces lejanas. Como una música de alas. Al principio me mareo. Por momentos cierro los ojos y acelero.

Debe ser una buena forma de morir. Esta noche no hay tráfico pesado por la autopista. El camionero que se encontró con mis padres debe estar durmiendo una plácida siesta. La ruta está desierta. Una que otra moto me sobrepasa. Una llovizna tenue perfuma el paisaje desolado.

Mis padres fumaban en la carretera. *Joint without me.* Seguro paraban por el camino y hacían el amor con una canción de Mama Cass. Volvían al amanecer, sin despertarme. No estaría mal ir hasta un bar de carretera y tomarme un par de cervezas. Terminar borracho en la barra y contarle al barman toda esta historia. Brindar con extraños, como dice la canción. Jugar billar o apostar a los caballos. Amanecer en un motel cualquiera, solo o con alguien. O simplemente no amanecer.

De regreso a casa, pienso que tuvieron que dejarme algo, que tiene que haber algo escondido en alguna parte. Una carta. La habrá escrito mi padre con su caligrafía de tercero de primaria, un falso estilo *script* que garabateaba apenas para firmar su nombre. Tiene que ser su letra. A mi madre nunca la vi escribir. Ahora que lo pienso, recuerdo más a mi padre, con su overol gris y con sus herramientas en la mano. De mi madre sólo me queda el olor de su pelo. En esa carta me dirán lo que le dicen todos los padres a sus hijos cuando ya se han ido de la casa. Las cursilerías trilladas que me han hecho falta.

Las cosas de mis padres las tengo guardadas en cinco cajas. Lo poco que quise guardar, sin haberme sentado nunca a ver qué había allí. Lo guardé todo el día del entierro: discos, libros, recortes de periódicos, recibos sin pagar, la convocación de mi padre al ejército sin llenar, las cartas de la abuela sin responder, algunas jeringas, algunas pastillas, algunas fichas de ajedrez y un termo. Seguro había otras cosas que se me escapan ahora. Ropa, más facturas, las herramientas de mi padre y un montón de cobijas, paquetes de cigarrillos, botellas vacías, novelas de Jim Thompson, horóscopos, mancuernas, medallas de mi abuelo y almanaques. Seguro había muchos almanaques.

Riego todo por el piso. No hay nada sobre mí, ningún recuerdo para su futuro hijo. Miro hacia el tocadiscos y quiero escuchar alguno de sus discos de colección. No encuentro ninguno. Claro. Ahora lo recuerdo. Ese día, la mañana que me dediqué a guardar sus recuerdos, quemé y boté muchas cosas sin detenerme a pensar en que algún día me harían falta. Hubiera podido, al menos, regalarle los discos a alguien. Alguien que los apreciara. Eso también me lo dijo la amiga de mi madre: "Debiste guardar esas reliquias. Algún día valdrán oro para coleccionistas". Yo sólo pensaba en la moto.

Ya desanimado, pongo el mismo sencillo de siempre en el tocadiscos. Es Blind Faith: "Can't find my way home", una *road-song-movie*. Lo escucho varias veces, hasta que el solo de guitarra me revienta por dentro. Al quitar el disco por primera vez, noto unas palabras escritas en el acetato. Es la letra de mi padre y dice: "The taste of the wind".

Buzos de la noche

Llegó a su casa. Quiero decir, trató de llegar hasta su casa, a eso de las 6 de la tarde. Traía una bolsa de mercado con dos latas de atún, dos botellas de agua, un paquete de cigarrillos, una botella de vino y una revista de avances de televisión. Sí, cualquiera diría que vivía solo. Al acercarse a la entrada del edificio, pensó que algún día debía utilizar el número que corresponde al código de entrada de su casa para ganarse la lotería, algo que sabía muy bien que nunca haría. Entró al edificio, un viejo armatoste multifamiliar de doce pisos, típico de los años sesenta franceses. Era un *container* algo destartalado y con pocos huéspedes. No quiso tomar el ascensor. Subió los seis pisos con su andar pesado, silbando una vieja canción de la guerra de Argelia. Sacó las llaves del bolsillo de su gabardina gris y se vio ya al frente de la televisión, con los pies sobre la mesa y esperando a que su mujer le sirviera la cena. Hoy era jueves, y seguro comerían salmón con patatas y arvejas enlatadas. De postre le serviría un yogur griego y, para variar, litchis de Madagascar, una costumbre que venía de la madre de su esposa. Invariablemente, ella guardaba las semillas en un cofrecito negro en su tocador. A él nunca le interesó saber por qué lo hacía. En realidad, era muy poco lo que sabía de ella, de sus motivaciones y de sus acciones. Luego fumaría un rato, y a dormir.

Cuando metió la llave en la cerradura, ésta no giró. Probó tres veces y luego se sentó en el piso. Creyó que había dañado la llave. No pensó en llamar a su mujer. No timbró ni la llamó por teléfono. Dentro, de todas formas, no se escuchaba nada. Nunca habían querido tener hijos. Bueno, una vez él había querido, pero ella no. Por eso no había ruido. Le hubiera gustado abrir el vino y bebérselo ahí, aunque el conserje viniera a reprochárselo. ¿Fumar? Ni pensarlo, pues eso sí que habría causado un escándalo, y todos los vecinos habrían salido a insultarlo. Era mejor no arriesgarse. Aunque hacía muchos años que tenía su nueva nacionalidad, siempre se sentía como un extranjero, un "recienllegado". Era mejor no arriesgarse, se repetía.

Se sentó en el piso a esperar sobre la alfombra roja y trató de dormir. Al cabo de una hora, se aburrió de mirar para el techo y se fue. Volvió a su carro, estacionado cerca de la salida lateral del edificio. Era un viejo Citroën del sesenta y tres. Dos puertas. Cero inyección, cero electrónica. Puros metales oxidados. Sin calefacción, pero con radio. Allí se resguardó, mirando de vez en cuando por si llegaba su mujer. Al final se quedó dormido.

Ya no había luces alrededor cuando escuchó que golpeaban en la ventanilla de su auto. Era un policía aún más ojeroso que él. Con condescendencia, el policía le pidió que bajara la ventanilla y le preguntó qué hacía a esa hora dentro de su carro. Extraña pregunta, por donde se quiera ver. Sólo pudo responderle que ése era su carro y que él vivía al frente –eso, hasta donde él creía saber–. El policía quedó en silencio. El hombre siguió con sus explicaciones, muchas más de las que le había pedido el policía, si es que acaso había que dar alguna. Agregó que su mujer no demoraría en llegar (debió decir "llagar"). El policía lo miraba. Cuando terminó su relato, le preguntó si podía subirse al carro.

-Claro -aprobó-, ¿por qué no?

-Esto es un poco inusual, pero usted entenderá -se excusó el policía.

-Sí, sí, yo entiendo -respondió.

Por un momento el policía pareció más preocupado que el otro, y miraba fijamente hacia la entrada del edificio como si fuera su esposa la que estuviera por llegar. Eso no lo dijo al principio. Al rato encendió la radio del carro como si buscara una emisora en especial, o tal vez una canción precisa. El otro le contó que no entraban todas las emisoras, sólo las de la mitad del dial hacia la izquierda. A esa hora ya no pasaba nadie por la calle. Serían ya las dos de la mañana, y el hombre empezaba a preguntarse si algo le había ocurrido a su mujer. El policía seguía callado hasta que de golpe empezó a balbucear un nombre, como lo hace un borracho o un perdido -destartalado, como ese Citroën-.

El policía comenzó a hablar sin introducciones. Le dijo que estaba seguro de que su mujer lo engañaba, que justo en este momento su amante estaría en su cama, con ella. Sin odios, fue develando sus evidencias, las pruebas que había ido recolectando en los últimos dos años. El otro seguía mirando hacia la entrada del edificio y ahora miraba también el reloj con obstinación. Palpó su celular en el bolsillo y marcó a tientas el número del celular de su mujer, el único número que tenía grabado.

De repente el hombre interrumpió al policía. Bruscamente y sin ninguna contemplación, lo retó a ir a buscar de inmediato a su esposa. Incluso se ofreció a acompañarlo. Para mostrarse más decidido, encendió al mismo tiempo el carro. O trató de encenderlo, porque el desvencijado motor tosió varias veces como tosen los boxeadores en sus últimos exilios y después de nuevo se impuso el silencio. El policía, como si no hubiera escuchado nada, siguió sumando más datos en su dossier sobre el engaño de su mujer, hasta que se durmió.

Ya cuando estaba a punto de amanecer, el hombre vio una luz que se encendía en su apartamento. La sombra de su mujer le parecía la de otra persona. Al rato la vio salir por la puerta principal y pasar junto a su carro sin haber reparado en él. El policía seguía dormido mientras en la radio sonaba una vieja tonada de Willie Nelson. El hombre vio cómo su mujer se alejaba, le dio una última mirada al policía que yacía envuelto en pesadillas amarillas, apagó la radio y cayó dormido.

For rent

H. B. cree caminar por una calle circular en una ciudad que no conoce. No es que recién haya llegado, simplemente no la conoce. Los sonidos se acumulan a su alrededor, pero sólo le llega una voz. H. B. escucha *Tangled up in blue.* Viste toda de negro y lleva en su cartera una cruz de madera que le regalaron, ya lejos de Santiago o de cualquier barrio de colores de Suramérica.

Bob Dylan ya ha compuesto dos canciones nuevas, pero H. B. sigue con ese *blue* que la lleva a su infancia, junto a su tía solterona que siempre la recibía a almorzar los días festivos: *cassoulet,* champaña y litchis de Madagascar. Luego la tía le propuso vivir con ella, para hacer más livianas sus cargas. Esa tía quiso cobrarle el alquiler de una habitación de su casa por adelantado, y al mismo precio que a un particular. Esa tía vivía en una casa de ocho cuartos, con vista al Panteón. Esa tía murió unos años después, completamente sola y fueron los vecinos, como suele suceder aquí, los que se dieron cuenta, por el olor. Más tarde tuvo que soportar la culpa de lo que se hubiera podido hacer por esa tía. Entonces H. B. era muy joven y no quería establecerse en ningún lugar. Ese *blue* de Gershwin fue una plegaria sin respuesta.

Desde su aburrido monólogo interior, sin recuerdos inmediatos de tías ni de ciudades distantes, H. B. observa a los músicos ambulantes que desfilan por el Metro, sin escuchar lo que dicen. Mira hacia los restaurantes y los bares, que apenas empiezan a despertarse. Hoy no tiene ganas de celebrar la llegada de la cosecha que aquí llaman "Beaujolais Nouveau". En unos días cumplirá cuarenta años. Luego desciende y se desploma en un asiento vacío del primer vagón hasta comenzar a dormitar.

Cuando se despierta en la última estación, Nation, sólo un par de viejos de Vietnam siguen en el vagón. Aún suena Dylan, pero ella ya no lo escucha. Está ocupada pensando en las facturas que tiene que pagar mañana -no, mañana no, mañana es festivo, el día de la "amistad franco alemana", ¡lo que antes era el armisticio de la Primera Guerra Mundial!- y en la visita de su sobrina (sí, mañana es festivo). A H. B. le gusta invitarla a comer los festivos: es una tradición familiar. Preparará *cassoulet*, servirá champaña y pondrá en la mesa una porción de litchis de Madagascar. Escucharán Bob Dylan toda la tarde, y no Gershwin, pues al fin y al cabo ella no es como su tía. Al otro día tendrá que poner el aviso "Se alquila habitación" en la agencia inmobiliaria del barrio. A menos que le proponga a su sobrina que venga a vivir con ella y ésta se anime, y la ayude a mantener la casa. "Sí, eso es", piensa. Su sobrina vendrá a vivir con ella y será como la hija que nunca tuvo. Se harán cada vez más amigas, y ella será su cómplice. "Así no me pasará lo mismo que a mi tía. Ella se ocupará de mí cuando yo sea vieja -se dice en voz baja-. Sí, eso es. No alquilaré la habitación. Se la daré a ella, pero no como mi tía lo hizo conmigo. Sólo le cobraré el 70%, y no por anticipado -después de todo ella no es como su tía-, vuelve a repetirse. Mi apartamento no es una casa con vista al Panteón y con ocho cuartos. Sólo tiene vista a una calle cualquiera, y a un terreno árido abandonado. Sólo hay cuatro cuartos. Sí, es verdad -se repite-, pero mantener la casa no es fácil, no es barato. La electricidad, el gas, todas esas facturas. Y, además, hoy la vida es mucho más cara que en los tiempos de mi tía". "No, definitivamente tendré que alquilar la habitación a otra persona -concluye-. Ese 30% me hará falta".

En ese momento suena el teléfono. Desde el otro lado de la línea, su sobrina deja un lánguido mensaje, en el que le hace saber que no podrá venir a comer al día siguiente. No dice la razón. Volverá a llamar.

Colgar los guantes

Una tarde, muchos años antes

Las primeras lluvias anunciaban un presagio indecible. La noche anterior todos comieron en familia y, después de haber jugado a las cartas, se fueron a dormir, sin haberse dicho ninguna palabra que alguien pudiera recordar. Alicia se quedó escuchando radio hasta el amanecer y Héctor, su padre, en la sala, revisando una vez más sus libros de contabilidad. Aún le quedaban muchos balances pendientes, pero no había nada urgente que lo obligara a desvelarse.

Al día siguiente, el cartero dejó una nota. Anunciaba la llegada de un paquete que debía ser recogido en la oficina central de correos, con carácter urgente. Héctor salió de su casa sin hacer mucho ruido, pero Alicia, que había pasado la noche en blanco, escuchó los pasos de su padre desde el segundo piso, luego los ladridos del perro y hasta el vaivén de la ventana del buzón. Bajó sin hacer sonar las viejas tablas del piso que repicaban casi ocho generaciones de pasos detrás de los suyos. Era una casa de seis habitaciones que había sido subdividida varias veces para poder alquilar una parte de ésta. Alicia vio a su padre tomándose la misma taza de café doble de todos los días y sonrió. Su padre le devolvió la misma mirada de tibia complicidad y salieron los dos hacia el centro del pueblo. Sólo un par de calles los separaban de la plaza del pueblo. El resto de la familia siguió durmiendo hasta las nueve de la mañana.

El paquete que buscó Héctor era en efecto lo que esperaba: un equipo de jardinería. Hacía días lo esperaba ansiosamente. Quería diseñar un nuevo jardín en el terreno aledaño a la casa que habían acabado de recibir como parte de una herencia de su esposa. Héctor quería construir el jardín más llamativo del pueblo y, para lograrlo, había decidido la víspera que debía renunciar a su proyecto de apicultura y dedicarse por unos días sólo al jardín. Quería sorprender a la familia con un jardín "a la inglesa" -un proyecto muy francés, por cierto-. Le contó sus planes a Alicia, le pidió que mantuviera el secreto y que se preparara para un verano largo. Ella sonrió. Iban a levantarse todos los días a las cuatro de la mañana y trabajarían en el jardín hasta las nueve. Alicia asintió con la cabeza, y salió corriendo a cumplir la primera misión que le encomendaba su padre: comprar un par de guantes para ella.

A ese ritmo se esfumaron las dos primeras semanas de julio. La canícula y el escaso sueño se reflejaba en los rostros de Héctor y de Alicia. En ella era un tono rojizo que acentuaba su cara pecosa. En él era una falsa sensación de bronceado que reflejaba cada vez más unas manchas oscuras en el cuello y en los antebrazos. Héctor procuraba cubrirse bien para que su hija no lo notara. Durante el día y parte de la noche, todo seguía como antes en la casa. A veces recibían la visita de amigos del norte del país y veían en televisión documentales sobre las antiguas colonias.

Hacia finales de julio, ya el jardín iba tomando forma, a pesar de que no era la estación indicada para iniciar un proyecto de esas características. Eso hasta Alicia lo sabía. Aun así, nunca se atrevió a preguntarle a su padre nada al respecto. Héctor lo sabía mejor que nadie, pero también sabía muy bien que tenía que construir el jardín ahora –o por lo menos, dejarlo bien adelantado–.

El 31 de julio, como todos los días en el último mes, Alicia creyó despertarse casi como una autómata. Pero la verdad es que se había quedado dormida. Ya eran las siete de la mañana. Su padre no había querido despertarla. Se bañó y tomó un vaso de jugo de naranja y un pan de chocolate. Le pareció extraño no ver la taza de café de su padre sobre la mesa, pero pensó que había tenido que irse más temprano al pueblo y se apresuró. Presintió que lo encontraría en la oficina de correos. Salió caminando rápido por las mismas calles de todos los días, vio los mismos perros labrador de los vecinos, expertos "cazadores" de trufas, y saludó al cartero, que iba como siempre en su bicicleta, como en una película de Jacques Tati. Recogió semillas por el camino y regó por los jardines aledaños otras que traía en el bolsillo. Cuando se fue acercando a la oficina de correos, vio que un grupo de vecinos formaba un círculo, que crecía con la llegada repentina de gente salida de todas partes. Todo el pueblo iba congregándose frente al correo. Todos menos Alicia y su familia. Le costó trabajo abrirse paso hasta que una vecina la reconoció: "Es la hija, es la hija... déjenla pasar, por favor, déjenla pasar".

Alicia sintió el peso de las miradas compasivas de todos los vecinos y, al borde de la confusión, llegó hasta la puerta de la oficina de correos. Allí estaba su padre, acostado sobre una camilla improvisada y con el pecho desnudo y lleno de moretones. Al principio Alicia pensó que había sido un accidente, pero rápidamente entendió que había sido un infarto fulminante que no había dado tiempo para una reanimación milagrosa. Durante meses, Héctor había ocultado su enfermedad y guardaba la esperanza de poder terminar su jardín antes del otoño, el plazo de vida que le habían dado los médicos.

Al rato llegó el resto de la familia y, al día siguiente, todo el pueblo asistió a un entierro muy sobrio y discreto. Durante diez años, el jardín quedó abandonado y la maleza se ocupó de éste.

Hace diez años que Alicia no regresa al pueblo. Hoy me contó toda su historia y me propuso pasar el verano en casa de sus padres. Me contó muchas anécdotas de su padre, y se rió cuando recordó que su padre y ella odiaban los litchis de Madagascar. No entendí por qué se reía tanto con eso. Me ha hablado mucho del jardín, e intuyo que tiene la intención de dedicarse a reconstruirlo en estas vacaciones. Aunque yo no sé nada de jardines, he ido a comprar, por si acaso, un par de guantes para mí.

Denise Grey

Nunca había (per)seguido de cerca a un desconocido, ni viceversa. Esa tarde, nada anunciaba mi "bautizo de fuego" en esta nueva forma de escribir. Fue un sábado 13 de enero. Llegué a la Cinemateca Francesa media hora antes de la proyección y compré una boleta para la función de las 3:00 p. m., *Le capitaine fracasse,* de Abel Gance. Me quedó tiempo para tomar un poco de sol en el Jardín de Bercy, a unas pocas cuadras de allí.

Los vi cuando preparaba mi bufanda y mis guantes para salir a mi fugaz paseo invernal: una pareja de viejos que trataban de enderezar una silla de ruedas algo vetusta. Me acerqué y les pregunté si necesitaban ayuda. La mujer me miró sin saber qué decir, y el hombre me agradeció con un gesto cordial de su mano derecha y con unas palabras que me sonaron a una de esas fórmulas de cortesía de antes de la Guerra. La historia –es decir, su historia y mi cuento– habría podido detenerse allí, en esa escena aislada y sin mayor trascendencia, si no me los hubiera encontrado de nuevo en el jardín unos minutos más tarde.

Los vi por segunda vez mientras tomaba el sol sentado en una banca y miraba el espantapájaros del jardín. La mujer caminaba adelante, empujando la silla de ruedas vacía. A unos pasos de distancia, la seguía el hombre, a media marcha y apoyado en un bastón. El azar los trajo hasta la banca del frente, donde se sentaron dándome la espalda. El hombre me reconoció y me sonrió. Con un gesto torpe, le devolví la cortesía.

Un reloj dio las tres de la tarde. La película estaba por comenzar, y yo seguía en el jardín. Me entretuvo un viejo carrusel casi abandonado, un rancio, pero simpático artefacto que brillaba como una reliquia del siglo XIX. De sus entrañas (del círculo central del carrusel) brotaba un sonido extraño, el cual no cubría del todo la ópera de Wagner (creo que era *Tristán e Isolda*) que emitían sus parlantes oxidados. Mientras miraba de reojo a los dos viejos, palpé la boleta que llevaba entre el bolsillo del abrigo. Como en una escena de una película de Fellini, la mujer recostaba la cabeza en el hombro del viejo, que a su vez se apoyaba en su bastón. Yo estaba indeciso. Desde allí podía ver al público amontonándose en la entrada de la cinemateca. No para Gance, sino para *El monstruo del lago Ness,* versión 3D. Era la última moda del momento, un fenómeno mundial que arrasaba incluso con las salas llamadas de "cine-arte" (como si el cine fuera "arte" sólo cuando se trata de lo que en París llaman "cine de autor").

Mientras me debatía entre Gance y los dos viejos, el hombre se alejaba discretamente de la mujer y de mí. Ella seguía distraída y apenas se había percatado de la ausencia repentina del viejo. Yo intentaba adivinar qué tipo de relación unía a esos dos personajes. ¿Serían esposos? ¿Hermanos? Un parecido en su forma de caminar sugería un parentesco, pero es bien sabido que, cuando la gente vive junta mucho tiempo, termina pareciéndose hasta en la forma de andar. Al rato, el viejo volvió a sentarse al lado de la mujer, sin decir nada. Ella tampoco habló. Nunca hablaban. Yo me preguntaba cómo podían vivir juntos, cómo podían soportarse si nunca se hablaban. Luego se me ocurrió que a lo mejor por eso estaban juntos.

Ya se había hecho demasiado tarde para mi película, pero no para ellos. Decidí quedarme con ellos a prudente distancia. Durante otra media hora no se dijeron nada. Empecé a aburrirme, y me dispuse a comprar otra boleta para la película de las cinco. El frío me estaba descolocando y quería esperar dentro de la cinemateca. En ese momento la mujer se paró y empezó a empujar la silla de ruedas con un gesto mecánico, mas no desprovisto de cierta ternura. El hombre permaneció sentado hasta que casi la perdió de vista. Luego se puso de pie y, apoyado en el bastón, la siguió sin prisa. Yo hice lo mismo, y así di inicio a mi primera persecución con fines literarios. Sin duda la sobredosis de Fritz Lang en el teatro Action Christine estaba empezando a surtir efecto. Como un sonámbulo de escritor, un *voyou,* un *canalla* de la literatura, dejé atrás a Gance y a Cluzot (la siguiente película era *El misterio de Picasso*) y el Jardín de Bercy, para ir en busca de un par de vidas disueltas y una silla de ruedas vacía.

Los viejos tomaron el corredor que conduce a la Biblioteca Nacional de Francia: él detrás, ella empujaba la silla. Se escuchaban los gritos de euforia de niños y jóvenes que observaban un espectáculo de patinetas de raperos de los barrios de las afueras de París. Al cabo de media hora, la mujer se detuvo y se repitió la misma escena del jardín: el silencio entre ellos y la ausencia momentánea del viejo. Yo repetí mi papel. Me senté a observarlos de frente, sin preocuparme por disimular mi presencia, pues era evidente que ya la habían notado y que no les molestaba. El viejo me largó la misma sonrisa de antes, como si nada, como si recién hubiera ocurrido nuestro primer encuentro dentro de la cinemateca. Eso me incomodó y pensé en abandonar mi acecho, pero se estaba empezando a gestar una historia.

Atardecía, y los dos viejos seguían sentados uno al lado del otro. "Entrada la noche" (como dice una poeta "basuriega"), la mujer se paró, se dio media vuelta, pasó frente a mí sin mirarme, y retomó el corredor de regreso hacia la cinemateca y el jardín. De nuevo, el hombre la siguió y me saludó con la mano izquierda, como si se despidiera. No me atreví a devolverle el saludo. Hubiese sido hipócrita de mi parte hacer de cuenta de que nos veíamos de nuevo sólo por casualidad. Pensé en la siguiente película de la programación (*Cortometrajes*, de Jean Epstein). Faltaban quince minutos para las siete, y con algo de suerte llegaría a tiempo.

Entonces me percaté de que había perdido de vista a los viejos. Caminé lo más rápido que pude por el corredor hacia la cinemateca, pero no logré alcanzarlos. Di vueltas en círculo por toda la zona, convertida ahora en un desierto oscuro y silencioso. Era imposible que hubiesen podido desaparecer tan rápido. Al cabo de dos horas de haber buscado en vano, volví a la cinemateca, justo a tiempo para la última función: *Denise Grey*, una película "inacabada" de Raúl Ruiz. ¡Denise Grey! ¿Denise Grey? Compré la boleta y entré a la sala. Tenía el presentimiento de que los viejos estarían adentro y de que el viejo me saludaría igual que las otras veces. En la sala no había más de diez personas. Los viejos no estaban. Un minuto después se apagaron las luces de la sala, y empezó la película.

Denise Grey es la clásica historia de dos padres (interpretados por John Malkovich y por Angélica Huston) que esperan noticias de su único hijo, reclutado por el ejército francés en la Segunda Guerra Mundial. La música es de Ravel y el guión, de un tal T. Braven. La película transcurre en interiores. El escenario es un apartamento de tres cuartos y una sala convertida a medias en taller de confección. Hay algunos libros en las mesitas de la entrada y un par de fotografías en blanco y negro en la sala. No mucho más que eso, salvo por una cosa: hay sesenta y cuatro relojes de bolsillo colgados en una pared lateral que da al baño. Todos están detenidos en horas distintas. Sólo uno de los relojes "funciona". Parece ser el más viejo de todos y está al lado de la mesa del teléfono.

Alonso Frías, el padre, de unos sesenta y cinco años, es periodista retirado. En la primera escena, sentado en el viejo sillón de su padre, toma un oporto y espera la llamada de su hijo. De pronto recoge un par de semillas de litchis de Madagascar, las limpia con esmero y las guarda en un cofre negro de su armario. Después se queda sentado mirando por la ventana, plantado como un ciprés. El teléfono no suena durante toda la noche.

Ana, su mujer, prepara la cena mientras escucha en la radio, con audífonos, el noticiero de las ocho (desde que se pensionó contra su voluntad, Alonso no soporta los noticieros radiales). De vez en cuando, Ana comenta alguna noticia en voz alta, sin que Alonso se dé por aludido.

Ana proviene de una familia de inmigrantes judíos de Praga que nunca se integró al estilo de vida francés, pues sus padres hicieron todo lo posible por mantener las tradiciones familiares intactas. Un fuerte sentimiento de extrañamiento hacia todo lo no familiar formó el carácter de Ana y de sus siete hermanos. La educaron en un ascetismo dramático que le costó superar. Una férrea represión religiosa se encargó del resto. Ana es propensa a la praxis inmediata. Sus peores días fueron los de su embarazo: la inmovilidad de las últimas semanas antes del parto la desesperaron tanto que, en secreto, tomaba todos los días fuertes calmantes. Siempre tiene que estar ocupada en algo: tejiendo, limpiando la colección de trofeos de caza que heredó de su padre, espulgando al perro una y otra vez, buscando recetas de postres nórdicos, limándose las uñas, revisando los movimientos de sus cuentas de ahorro en el exterior, o limpiando cuidadosamente las semillas de los litchis de Madagascar durante horas, para después botarlas (a Ana no le gusta guardar nada).

A Alonso se le fue la vida esperando. Cuando niño se pasaba las tardes en la sala de espera del consultorio de su padre. Allí, rodeado de viejos taciturnos y habladores, se fue acostumbrando a esperar a que su papá terminara su turno y volvieran a casa. Cuando lo convocaron para la Gran Guerra y lo asignaron a una oficina de enlace, en la retaguardia de la retaguardia, terminó de comprender el significado de la espera. Pasó cuatro años esperando la llegada de algún cable telegráfico para descifrar. Aprendió a esperar las raras cartas de su padre, que llegaban siempre manchadas de tinta por todos lados, lo cual dificultaba aún más descifrar la letra, de por sí enmarañada, del Doctor Caeiro. Le iba mejor con los cables de guerra que con las cartas de su padre. Al finalizar la guerra, pasó veinte años esperando el estallido de la próxima.

Al final de la película, un vecino les anuncia a Ana y Alonso de manera brutal que su hijo ha muerto una hora antes del fin de las hostilidades. La última escena muestra a los dos personajes, ya ancianos, en un sanatorio mental llamado "Denise Grey".

Cuando prendieron la luz, pensé en *The stranger*, de Orson Welles. ("Lástima -me dije- Ruiz había desaprovechado la historia de los relojes"). Me quedé de último en la sala, como es mi costumbre. Volví a pensar en los viejos y, al tiempo en ese nombre, "Denise Grey". Quería que fuera una clave, un misterio tan oculto como el de Rosebud en el *Ciudadano Kane*. "Denise Grey, Denise Grey", me repetía en voz baja.

Cuando salí de la cinemateca, casi a las doce de la noche, vi a lo lejos brillar los ojos del espantapájaros del Jardín de Bercy, ahora fosforescentes, y escuché el viento soplar hacia el Norte. Me fui caminando hasta mi casa, al lado del Metro Court Saint Emilion, en la dirección opuesta a la biblioteca. Durante el trayecto, de una media hora a paso lento, sentí que alguien me seguía, pero no me atreví a mirar para atrás. Escuché el ruido de una silla de ruedas y los golpes en el suelo de un bastón. Por momentos casi sentí una respiración entrecortada, que exhalaba -sólo exhalaba- junto a mis oídos. Quise correr, pero me sentí paralizado. "Denise Grey, Denise Grey", creí escuchar que me gritaban desde la distancia. De repente todo quedó en silencio. ¿Denise Grey? Al final pude recordarlo: Denise Grey era la marca de la silla de ruedas vacía que empujaba la vieja.

"Es terminal"

Ángela acaba de terminar el noveno ensayo de la obra de esta nueva temporada. Frente al teatro de la calle Les Mathurins, la espera su hermana. Juntas se disponen a ir a cenar con Hernando, el último de sus tíos, que ha regresado hoy a París. El ensayo le ha exigido algo más que prestar su voz para ambientar las repetidas escenas de angustia y terror que crean la atmósfera de la obra. La presencia de María Casares en el escenario le produce una extraña sensación al mirarse al espejo.

Erika, su hermana menor, trabaja como costurera en el número 8 de la calle Aubriot. Su vida social se reduce a ver las obras de su hermana y a visitar a su tío cuando está en la ciudad. Por sus ojeras parece diez años mayor (la gente suele creer que es mayor que Ángela). Sus pesadillas recurrentes la han envejecido en forma prematura. Siempre sueña con el mismo hombre: un anciano que la persigue con una cuerda y trata de estrangularla. Muy pocas veces sale sola a la noche. Le gusta ir a ver las obras de Ángela, aunque no entienda siempre la trama y considere que los papeles que le dan a su hermana (siempre como reemplazante) no le quedan bien.

En cuanto a Hernando, lleva varios meses en México y en Cuba cumpliendo obligaciones "diplomáticas" más largas de lo esperado. Hernando es el secretario personal, privado y secreto de José Maldonado González, presidente del Gobierno español en el exilio. Tras 35 años de Gobierno en el exilio, para 1975 el papel de Maldonado es cada vez más fantasmagórico.

Esta vez Ángela es la reemplazante de María Casares, quien interpreta a María Chatov en una adaptación de *Los demonios,* de Dostoievski. En una hoja suelta, inserta en la traducción de Victoria Ocampo a la adaptación de Albert Camus, Ángela lee unas palabras que algunos atribuyen a Borges: "¿Acaso Dostoievski no prefigura a Kafka, y a Horacio Quiroga, y quién sabe a cuántos más?".

Ángela suele ensayar con Erika sus papeles. Los ensaya en francés y en español. Sueña con crear su propio grupo de teatro cuando en España todo vuelva a la "normalidad" -una normalidad que ella no conoce-. Por ahora se conforma con ser la reemplazante del *monstre sacré* de la actuación en Francia. Hace unos días, antes de un ensayo, pudo hablar con ella como nunca antes. Hablaron de sus roles en las obras de Dostoievski. Hablaron de Albert Camus y de Sartre. María incluso le insinuó que su voz -la de Ángela- podría prestarse para la "voxografía" (arte menor de la voz en off en las películas). No le habló de su propia voz en off en el documental *Guernica,* de Alain Resnais.

El montaje de *Los demonios* tomará todavía varias semanas. Desde hace varios años, el grupo de teatro de españoles en el exilio -el Ex libris de París, al que pertenece Ángela desde 1969- ha querido montar esa obra, pero las sucesivas e interminables divisiones entre los republicanos españoles lo han impedido. *Los demonios,* juzgada políticamente inconveniente, podría ser malinterpretada, comentan algunos. Aun habiendo sido uno de los personajes públicos franceses más fieles a la república, incluso en sus horas más críticas, el nombre de Camus despierta viejos odios y es mal visto por la mayoría de militantes revolucionarios. Sin embargo, ahora le apuestan a la obra, no porque hayan menguado las tensiones políticas, sino porque creen que, con el apoyo de María Casares, todo funcionará mejor.

En la calle invernal Les Mathurins, Erika sigue esperando a su hermana. Ha llegado diez minutos antes a la cita. Por el andén, frente a ella, desfilan los mismos personajes que hace treinta años. Hombres que se han hecho viejos esperando volver a una España republicana cada vez más lejana. Jóvenes envejecidos por la espera de la noticia de la muerte de Franco.

Ángela ha terminado de cambiarse en el camerino y se despide de sus compañeros. Quiere escuchar las historias inverosímiles de su tío y brindar una vez más por el día en que muera Franco. Quiere contarle de *Los demonios* y de su papel, y saber qué piensa su tío de Stavrogin.

Ángela sale presurosa a la calle y se aferra a Erika en un abrazo que parece de despedida, para luego besarla en la frente. Caminan a paso ligero hasta la Avenida Foch, donde las espera su tío. Allí, hasta hace apenas unas horas, Hernando estaba hablando con el presidente Maldonado. Le había traído muy buenas noticias. Maldonado lo había escuchado sentado, fumando su pipa, sin alterarse, hasta que dos palabras lo habían levantado de un solo salto de su silla: "Es terminal".

A dos cuadras de la Avenida Foch, Ángela le cuenta a Erika la historia de *Los demonios*. Le habla de la obsesión de Piotr por hacer la revolución, de las reuniones secretas de los conspiradores, de la angustia acalorada e irreversible de Stavrogin. Erika, más bien distraída, piensa en su tío y en los chocolates que les habrá traído de Suiza (sí, el tío Hernando siempre va a Suiza y siempre les trae chocolates). Ángela sigue de largo con su explicación de la obra, repitiendo de memoria las indicaciones reiteradas una y otra vez por el director durante esa última semana.

Ya frente al número 35 de la Avenida Foch, Ángela y Erika se preparan para abrazar a su tío, quien acostumbra venir a recibirlas hasta la puerta del edificio. Una costumbre que no entienden los franceses, quienes difieren las visitas anteponiendo puertas, antepuertas, salas, antesalas y conserjes. Desde la ventana del tercer piso, Hernando había estado mirando hacia la calle hasta hacía apenas unos minutos. Pensaba en sus sobrinas. Recién le ha entregado un par de carpetas negras y rojas al presidente Maldonado con decenas de recortes de diarios latinoamericanos. Luego se ha ido a su habitación del quinto piso a dormir un rato.

Ángela y Erika siguen esperando en el frío de noviembre de 1975. Conversan sobre los regalos que les habrá traído el tío Hernando -chocolates, según Erika; medias americanas, según Ángela-. Unos y otras están en efecto guardadas en la maleta de Hernando, el viejo tío que se convirtió en su padre al haber cruzado la frontera con las dos huérfanas, y haberse instalado en París con ellas. Veterano de la Guerra Civil, secretario perpetuo de la república, el tío Hernando ha visto desfilar, uno tras otro, los espectros cada vez más lánguidos de los Gobiernos en el exilio. Espía solapado a la vieja usanza del siglo XVIII, último abanderado de la república, Hernando vela por el último territorio libre de España... un edificio de la Avenida Foch. Es un fantasma que recibe a diario el correo dirigido a la "España" republicana, proveniente de las patrias prestadas de otros exiliados, y que nunca se queda sin responder; aquel autómata que contesta el teléfono con un firme "Aquí el Gobierno de la república" (nunca "el Gobierno de España", ni "el Gobierno en el exilio").

Finalmente aparece un hombre al que Ángela y Erika han visto antes. Les hace una seña desde el portón para pedirles que se acerquen. Las llama por sus nombres y agrega: "Dense prisa, señoritas Caballero". Desde la reja, antes de hacerlas seguir, les anuncia que su tío ha sufrido un infarto. Los recuerdos se estrellan contra las miradas lívidas de las dos hermanas, que se abrazan, como siempre, sin decirse nada. Dan por muerto al último miembro de su familia, al último rostro que les queda de una España que no conocieron. Pasado el momento de perturbación y de impotencia, el mismo hombre las hace seguir al living donde las espera, con su aire a la vez amable y rudo, el presidente Maldonado. Les anuncia que su tío está hospitalizado y que el auto las espera para conducirlas a la clínica. Camino al Hospital Americano de París, ven ondear las dos banderitas tricolores de la república a lado y lado de los dos espejos del auto.

En la sala de espera número 3, Erika y Ángela permanecen a la expectativa de algún parte médico sobre la salud de su tío. Ya está amaneciendo, aunque la noche siga tan instalada en el ambiente y en sus espíritus. Sobre todo en los espíritus. Unas cáscaras de litchis de Madagascar, manjar de reyes agonísticos, abandonadas sobre una mesa, le recuerdan a Ángela unos versos de Borges:

> "Si para todo hay término y hay tasa
> y última vez y nunca más y olvido,
> ¿quién nos dirá de quién, en esta casa,
> sin saberlo, nos hemos despedido?".

Las enfermeras toman café mientras cambian el turno de las seis de la mañana. Una de las que acaba de llegar trae un diario a medio leer. Al ver a las dos mujeres que esperan en la sala, les ofrece café y les pregunta si desean leer un rato para distraerse. Erika toma el diario, más por cortesía que por otra cosa. Es *Le Parisien* del 19 de noviembre de 1975, cuya portada anuncia: “Franco est mort”. En ese momento, como en una película de Fritz Lang, el médico sale y les informa a las “señoritas Caballero Fornaguera” que su tío acaba de fallecer, a las 6:15 de la mañana.

Al día siguiente, durante el entierro de Hernando Fornaguera en el cementerio Père Lachaise, al lado de tantos otros republicanos exiliados, un hombre de boina roja y con acento vasco se acerca a ellas y sentencia: “Le ganó. Por poco, pero le ganó”.

Apéndice

Mauricio Obando, acostado en su cuarto de recuperación de la Clínica del Country de Bogotá, horas después de haber sido operado del apéndice, asiste, por la luz tibia que inunda su habitación, a la proyección de un recuerdo de hace casi treinta años. En esos tiempos aún se sentía muy joven y pasaba sus tardes en los cines del Barrio Latino en París. El recuerdo que se asoma es el de una tarde de invierno, después de haber visto la película de Visconti (su director favorito): *Senso*.

El recuerdo se ve bastante alterado tanto por los años despojados como por la reconstrucción fílmica voluntaria que Mauricio hace de todo. Es un recuerdo que Mauricio va a escribir en forma de guion para un cortometraje que ya no filmará. La idea le llega en esa tarde de convalecencia, sin visitas, y se instala en su cabeza como un paroxismo. Mauricio siempre quiso hacer cine. En esa época se hablaba de hacer cine, y no de ser director de cine, como ahora. El caso es que soñó con hacer cine, y eso es lo que cuenta. Fue en esa época de París cuando estuvo más cerca de conseguirlo. Incluso llegó a pensar en el título de su película, un poco cliché visto hoy en día tantas veces: "Yo tuve un sueño". Nada que ver con la historia de este cortometraje. Pasó varios años asistiendo a clases de cine y conoció a mucha gente del medio y creyó que, al volver a Colombia, podría hacer cine. Al final la precaria industria fílmica del país y sus propias urgencias, tanto las políticas como las amorosas, lo fueron desanimando. Sus guiones, además, eran juzgados como poco rentables, y eso no le facilitó el camino. Otros personajes, amigos suyos de esos años, sí llegaron al cine, a través del camino tortuoso de la televisión. Sus obras son del todo prescindibles.

Acostado en su habitación temporal –los médicos le han dicho que saldrá mañana temprano–, Mauricio se queda fantaseando con sus años de futuro cineasta. No quiere rumiar desde adentro –desde sus tripas recién escarbadas– su decepción por lo que pudo ser. Le gusta saborear la textura de esos años, cuando se creía dispuesto a intentarlo todo: el cine y la revolución o la revolución y el cine. Es un sabor a litchis de Madagascar. Es decir, un sabor agridulce a ucronía. Un sabor venenoso. Su abuelita siempre le dijo que los litchis y los mamoncillos "son nocivos para la salud". Vaya uno a saber por qué. Luego se pone a revisitar su vida de esos años de París como si la estuviera filmando. Es decir, ve a un actor en el rol de Mauricio Obando, joven nómada parisino de los setenta. Sin dar muchas indicaciones, el corto empieza más o menos así:

El Mauricio director sigue con una cámara Super 8 al Mauricio actor por el Boulevard Romain Rolland, que traza la frontera sur de París, frente al cementerio del pueblito de Montrouge. Es una noche de crudo invierno. Mauricio, el personaje de la película, regresa a su estudio desde la Puerta de Orleans, dirección Montrouge. Son casi las 12 de la noche de un enero más. Hace tres meses que Mauricio se fue a vivir a ese edificio, para aprovechar que un antiguo compañero de colegio se iba de vacaciones al Magreb. No tiene que pagar la renta y sólo debe ocuparse, de vez en cuando, de hacerle compras a una anciana vecina que vive al lado. Es una vida plácida y sin contratiempos. Tendrá que retomar sus trabajos de repartidor de volantes y de guardaancianos cuando vuelva su amigo, y también le tocará ir a vivir a lo de otra persona. Aún no sabe si se quedará en París. Tiene ganas de cambiar de aire. "Tal vez ir al Sur", se dice. A Aix en Provence, o a Marsella. Sea como sea, esa decisión deberá tomarla en marzo. Aún le quedan dos meses de confort. Todos los días toma el mismo camino hacia el Metro. Ve las mismas panaderías atendidas por franceses y las mismas carnicerías atendidas por árabes (sería una historia de cine negro decir lo contrario). Todas las noches ve al mismo hombre con muletas pedir dinero en la esquina de la Calle de la República, a un par de cuadras de su casa. A veces lo saluda con un gesto banal de su ceja. El otro nunca le responde. No tendría por qué hacerlo: al fin y al cabo, Mauricio nunca le ha dado un céntimo. Y no lo ha hecho porque no está muy seguro de la "verdad" de ese supuesto mendigo. Está convencido de que finge. "Esas muletas son los accesorios para su teatro", se dice. Todas las noches ve a ese mismo hombre, salido de una película postapocalíptica, parado en esa esquina, pidiendo monedas. Los carros que paran por azar en ese semáforo tampoco suelen creerle mucho al falso mendigo, según Mauricio. Aun así, alguien le creerá si sigue parándose ahí todos los días. Igual, el personaje no atrae su atención, más allá de los breves momentos en que se lo cruza. Nunca se le ocurriría trazar una historia a partir de ese hombre en harapos. Al menos eso no cabe en la cabeza del poeta filmador Mauricio Obando de los años de París. Él quiere hacer cine de verdad. Quiere contar la historia de la lucha de los pueblos latinoamericanos. Esa noche, sin embargo, no siente tanto el frío, y viene a paso lento, divagando sobre la película que ha visto hoy: *Senso*, de Visconti. Un cuadro épico-existencialista sobre una mujer apasionada (por el amor y por su patria, una Italia del *Rissorgimento*.

Más por el amor), que le vende su alma a un Fausto doblemente infame y cobarde. A Mauricio le fascina la concepción de la atmósfera de las películas de Visconti. Las imágenes de Visconti opacan las sombras vacilantes que caminan hacia Montrouge. Casi no hay ruidos en la calle. De vez en cuando pasa una moto de esas "que van a mil", como dice Serú Girán, por una avenida de gran velocidad. Mauricio camina distraído pensando en el uso del (techni)color en *Senso* y en esa exquisitez de Visconti a la hora de ocuparse del alma humana a través de los colores, hasta cuando filmaba en blanco y negro. Como en la película *Noches blancas*. Esa fuerza vital y fatalista es la marca personal de Visconti. "Es algo épico ", se dice. "Algún día tendré que hacer mi propia película épica sobre Colombia –es lo que suele repetirse cuando sale de cine–. Será sobre el siglo XIX y nuestro propio calvario en Panamá. Nuestro Garibaldi (de Visconti) no será Bolívar, sino aquel soldado colombiano que disparó el único tiro que se escuchó en Panamá el día de su supuesta independencia, en 1903". Ésta es la idea de la Historia que tiene Mauricio. Para él, los relatos de héroes colombianos pertenecen irremediablemente a esos seres anónimos, refundidos en la maleza de la historia escrita. Mientras Mauricio piensa en Panamá y en Colombia y en el "far west tropical" de finales del siglo XIX , escucha un ruido seco sobre el asfalto. Ve de repente a una mujer caída al lado de una bicicleta. Todo está desierto. Mira hacia todos lados y no ve a nadie cerca. Salvo al otro. El hombre, el falso mendigo, está parado en su esquina de siempre, casi a la misma distancia de la mujer de la cicla. Se miran de frente como si se tratara de un duelo programado en un *western* tardío de Gordon Douglas. Los dos están paralizados. Mauricio, que suele quedar petrificado frente a cualquier accidente, por insignificante que sea, por el recuerdo inconsciente de la muerte de sus padres en un accidente de moto, espera algún movimiento del falso mendigo. Éste no sabe si mostrar o no su verdadera condición. La mujer sigue en el piso, paralizada. A pesar del pánico (¿escénico?), Mauricio cree sentirse acompañado y se acerca sigilosamente a la mujer. Todo ha pasado muy rápido. ¿La atacó el otro? ¿La atacó él? Se siente culpable. Parece que el síndrome de Mr. Hyde lo persigue todavía. Desconfía de todos –y sobre todo de sí mismo–. Como cuando, al ver a un policía, siente que lo van a detener por un crimen que no cometió, o que ha olvidado que cometió. No es un caso como el de *M, el Vampiro de Düsseldorf*, de Fritz Lang. Mauricio no es capaz de matar a nadie, ni siquiera en sus relatos. La mujer no da muestras de vida. Mauricio llega hasta ella y torpemente trata de tomarle el pulso, pero su corazón late tan fuerte que sólo escucha un eco de sí mismo. La calle se congela en una foto instantánea que nadie toma ni revela. El mendigo observa sin decidirse, quizá a la espera de que llegue alguien que por fin haga algo por esa mujer. Para entonces Mauricio se ha dado cuenta de que la mujer está muerta (lo ve en sus ojos perdidos). Se sienta en el andén sin saber qué hacer. ¿Correr a buscar ayuda? ¿Gritar? No, dejarla sola. Vuelve a mirar al mendigo. El otro no hace nada. Observa inmóvil, apoyado en sus muletas resquebrajadas. Mauricio se desespera. Se levanta y corre hacia el mendigo, dispuesto a botarle las muletas a la autopista que pasa debajo de ellos. Si tan solo se moviera... El mendigo lo presiente y duda: ¿defenderse?, ¿escapar? El mendigo deja a un lado una muleta, mientras que con la otra apunta desafiante hacia Mauricio. Éste se detiene: ¿batirse? El otro también vacila: ¿batirse? En ese duelo fugaz, desaparece la mujer de la mira de ambos. Mauricio vuelve a mirar a la mujer, que yace en el piso. Mira al mendigo y le lanza un par de palabras en un francés debutante que el otro no entiende. Suenan desafiantes, pero no lo son. El mendigo recoge la otra muleta y sale corriendo escaleras abajo hacia la autopista. Mauricio vuelve con la mujer y se sienta a esperar a que alguien pase.

Melody Nelson

Camila González fue siempre una gran actriz. Pocos se acordaban de sus inicios, antes de su segundo regreso triunfal a las tablas, de la mano de Koltès y Chéreau. No había hecho carrera, como suelen decir en este oficio. Fue actriz de teatro y hubiera podido serlo de televisión. Entonces habría sido muy conocida y hoy saldría en las revistas del jet set. De joven actuó sólo en tres obras. La última hubiera bastado para consagrarla. Por esos días llegó *él*. Me refiero a su compañero de la época, un fotógrafo amateur, otrora físico culturista, venido a menos e inválido de la cintura para abajo después de un accidente de moto (sí, de la cintura para abajo). Me da risa recordarlo. Lo digo por la foto que me mostró una vez Camila. Parecía uno de esos tipos de las propagandas de shampoo de los ochenta. A mí me daba más bien lástima ese tal Ítalo, pero Camila decía que, antes del accidente, era todo un gigoló (antes de conocerla a ella, claro). Cuando ocurrió el accidente, ya llevaban un año juntos. Ella estaba por romper con él, pero la invalidez de Ítalo lo cambió todo. Él le pidió que renunciara al teatro y que se dedicara a cuidarlo, y eso hizo. Así pasaron veinte años.

A sus diecinueve años, la vida de Camila parecía dirigida al éxito. Tenía una belleza a lo Jeanne Moreau, o mejor, a lo Jane Birkin (esa falsa actriz de *Blow Up*, que se desviste para un fotógrafo entre sedas y satenes), un rostro pasmado por naturaleza, y una de esas miradas perdidas que no apuntan a nada ni a nadie. Muchos la difamaban y la trataban de *femme fatale*, pero no lo fue nunca –ni antes, ni después–. Me consta.

La conocí cuando volvió al escenario como Blanche Dubois. Yo tenía veinticinco y ella estaba llegando a los cuarenta. Se había separado de Ítalo y sus celos, pero él todavía la perseguía. Llegaba cuando ya había empezado la función y la esperaba en la puerta del teatro con un ramo de flores violeta. Venía en su silla de ruedas eléctrica marca Denise Grey último modelo, con su vieja cámara, que colgaba de su cuello. Un par de veces lo vi con una botella de aguardiente. Se quedaba ahí hasta que se iban todos los espectadores y luego, al salir los actores y Camila, ya mareado por el trago, brindaba por ella y por el teatro. Camila lo veía desde lejos y se subía al primer taxi que encontraba. Ítalo se quedaba un rato mirando el taxi alejarse, cantando alguna vieja tonada de los setenta. Varias veces le escuché una canción de Serge Gainsbourg ("Ça c'est l'histoire/ De Melody Nelson/ Qu'à part moi-même personne/ N'a jamais pris dans ses bras/ Ça vous étonne/ Mais c'est comme ça…").

Camila y yo hablábamos todo el tiempo de teatro. Ella hacía todo lo posible por convertirme en su protegido y su dramaturgo. Me contactaba con la gente del medio y me incitaba a escribir todos los días. Leía y corregía obsesivamente mis obras prematuras y se apropiaba de mis personajes. Convivíamos con ellos a diario. Terminó por abandonar de nuevo el escenario y dedicarse a mí, a mis personajes, a mi obra, y de vez en cuando, a trabajar como luminotécnica en el teatro de un amigo en común.

Pero el teatro no era lo mío, y en el fondo yo ya lo sabía. Y eso que mis años más felices los había pasado en un escenario, en un grupo de teatro universitario dirigido por el Maestro Tito Ochoa y conformado por actrices debutantes, "ángeles azules" envueltos en *blue velvet.* Mientras estuve con Camila, me esforcé por escribir alguna obra que valiera la pena, pero todo terminaba en monólogos más o menos patéticos sobre poetas de alto vuelo y de reputación maldita (Artaud, Jattin, Barba Jacob, etc., etc., etc.).

Por esa época, Camila decidió dedicarse a administrar -además de mi obra- el viejo y decadente negocio de su madre, una tienda de antigüedades. Lo que más recuerdo es el olor a incienso barato y las colecciones de cubiertos de cobre. En otros tiempos, según me contó Camila, incluso adquirieron la última vajilla que había usado Bolívar en Bogotá. Me costó trabajo creerle (aunque no se lo dije), pues es bien sabido que, durante sus últimos meses de vida, Bolívar padeció de tuberculosis. Quemaban todo lo que tocaba, "por sanidad". Le habían gritado "Longanizo" al despedirse para siempre de Bogotá... Nadie habría querido conservar nada del otrora Libertador. Pero esas historias no le interesaban a la mamá de Camila, a quien le gustaba proclamar a los cuatro vientos: "Yo le vendí la última vajilla que usó el libertador en Bogotá a un famoso doctor inglés de apellido Python que vino a la ciudad sólo para llevársela". Era el mayor orgullo familiar. Lejos de los escenarios, Camila fue perdiendo su encanto. Ella, por su parte, se fue hastiando de mis excusas y de mis largos monólogos que terminaban siempre con la misma frase de Bartleby. Caímos en un mutismo insoportable. Un día me fui sin decir nada.

Años más tarde, Camila quiso volver a actuar. Su edad avanzada y su trayectoria entrecortada no ayudaban, pero lo intentó de a poco. Cuarenta años después de su debut, algunos viejos sobrevivientes aún recordaban sus tres personajes de juventud: Lolita (la primera), Eréndira (en *La increíble y triste historia de la Cándida Eréndira y su abuela desalmada,* del mismo autor de *Ojos de perro azul)* y Electra. Otros viejos (los menos memoriosos) recordaban su cuerpo, y sobre todo sus piernas. Los más jóvenes recordaban una Blanche Dubois que había cruzado fugazmente los escenarios veinte años antes. Muy pocos sabían que se trataba de la misma Camila.

Camila abandonó el local de antigüedades de su madre, se inscribió con un profesor particular de teatro y, para entrenarse, entró a un grupo universitario donde interpretó varios papeles secundarios en obras de poco cartel. Quería regresar a las tablas con un rol en el que nadie la reconociera. Soñaba con el personaje de Cecilia, de *Muelle Oeste,* inmortalizado por la gran María Casares hacia el final de sus días. Aprendió francés y se dedicó a cultivar una relación por correspondencia con Patrice Chéreau, director predilecto de las obras de Koltès. Se hicieron amigos. Para el Festival Iberoamericano de Teatro de Bogotá, Chéreau terminó por confiarle el papel con que ella soñaba.

Yo le había perdido el rastro a Camila desde que me había ido de Colombia y terminé dando clases de salsa a niños de primaria en París. Hacía casi veinte años que Camila y yo no nos frecuentábamos. Bueno, *off the record,* sí nos habíamos visto un par de veces. Habíamos retomado viejos pasatiempos, contemplando nuestras pieles, Venus y Edipo tendidos en una cama para tres. Un par de veces habíamos dejado las ventanas de un hotelito de paso abiertas, como en otros tiempos. Ítalo nunca había vuelto a aparecer en su vida. Desde aquella noche, esa última vez que lo vi cantando esa canción de Gainsbourg en el barrio de la Candelaria, había desaparecido. Seguro se había suicidado hacía un siglo. Ahora era yo quien estaba de regreso a Bogotá.

Cuando vi el anuncio de *Muelle Oeste,* lo pasé de largo. Por esos días aún no sabía nada de Koltès, y el nombre de Camila se me esfumó entre otros nombres abigarrados en el programa. Andaba como un zombie por la ciudad. La realidad se me aparecía por fragmentos, percibía sólo desperdicios "basuriegos" de los otros y de mí mismo. Sólo murmullos, nada nítido. Se me refundían las lecturas, las ideas, los recuerdos, y hasta mi libro de cabecera: *Arte poética,* de Borges. Por esos días, mi vida y mi única novela, *La firma de mi sombra,* eran un único y mismo fracaso.

El día de la última función, un amigo de buen corazón me contó de la obra y de Camila. Quise verla desde la sombra, desde la barrera de tantas nostalgias; quise ser por lo menos un pasajero más de su postrera consagración. Quise estar entre ese público disperso y concentrado. Quise ver a Lolita y a Electra y a Eréndira y a (mi) Blanche Dubois, todas en una sola piel. Pero para *Muelle Oeste* ya no había boletas.

Se instaló la noche, plagada de sombras y de deseos. Me senté en el andén frente al Teatro Camarín del Carmen. Todavía faltaba una hora para que empezara la función. A mi alrededor, algunos fotógrafos se disputaban la ubicación perfecta para la mejor foto de la noche. Todos esperábamos a Camila. Yo fumaba, como en otros tiempos, sentado en ese mismo lugar donde hacía tantos años había visto a ese Ítalo con su silla de ruedas y su cámara vetusta y su aire lamentable. Miraba a la gente y fumaba y esperaba la llegada de Camila. Qué diría Camila. El frío de la noche trajo una melodía olvidada, una canción francesa de los setenta. Era Gainsbourg ("Ma Melody Nelson/Aimable petite conne/Tu étais la condition/Sine qua non/De ma raison...").

Al rato llegó Camila, rodeada de viejos y nuevos amigos y envuelta en un brillo "fantásmico", como decía

Borges. De sus ojos brotaba un amor que ya había(mos) sentido. Se bajó de un taxi, apurada, y posó un momento para los fotógrafos. Chéreau la llevaba del brazo y le abría camino entre los curiosos. Y entonces me vio. Su mirada era férrea y directa. Se detuvo frente a todos y sacó un cigarrillo de su cartera negra. Lo encendió sin apuro, sin dejar de mirarme. Empujó con fuerza tres bocanadas, se mordió los labios y entró al teatro. Yo me quedé fuera durante toda la función, sentado en ese andén vacío y desolado. Cuando se acabó la obra, vi a Camila por última vez. Ella también me vio, de lejos, y se subió al primer taxi que pasó.

Dos visiones patafísícas

Primera visión

La veía cada mañana desde mi ventana que da al Boulevard Romain Rolland en Montrouge. El carrito de hacer compras de color negro anunciaba sus pasos con anticipación. Era una mujer de cabellos blancos, gafas oscuras y encorvada casi hasta la cintura, lo que le daría un aire lastimero, de no ser por la ropa que llevaba, lo que mostraba su abolengo. La veía caminar sin mirar a los lados hasta llegar a la puerta lateral del cementerio municipal. Hasta ahí llegaba mi visión. Después, desde otra ventana, la veía caminar dentro del cementerio, con su mismo andar parsimonioso. Nunca alcanzaba a ver en qué tumba se detenía -estaba seguro de que iba a visitar a alguien, tal vez a su hijo o a su marido-. Ella no era de las que pasean por un cementerio. Además, éste en particular no era de los cementerios turísticos de París, como el Père Lachaise o Montparnasse (y eso que allí mora Alfred Jarry, el inventor de la patafísica).

Y claro, siempre con su carrito de mercado. Luego me ocupaba de mi desayuno y me entretenía con el periódico o simplemente escuchaba algo de música. La jornada avanzaba y me olvidaba por completo de ella. Ni se me ocurría pensar que podía quedarse todo el día en el cementerio. Todo pasaba más o menos como lo he dicho, todos los días igual, hasta que llegó el 1 de noviembre, Día de los Muertos aquí y en otras partes. Esa mañana me preparé temprano para salir a la calle y acompañar a esa mujer, de lejos, en su interminable duelo. Incluso me dio por llevar mi vieja cámara y fui a la floristería a comprar tres rosas amarillas. No desayuné y me preparé para una especie de ayuno existencial. Estaba lleno de recuerdos vacilantes, de fantasmas indiscretos y malolientes. Ése era mi diario vivir.

Caminé por el Boulevard Rolland sin pensar en ninguna obra ni en ninguna anécdota de ese escritor, que apenas había leído (ojeé alguna vez algo de Rolland sobre Tolstoi o Zweig, pero ya no lo recuerdo bien). No te pones a leer la obra del tipo que lleva el nombre de la calle donde vives. ¿Y por qué no? Esos nombres, no sólo de escritores, sino de militares, de políticos, de "resistentes", de extranjeros, de parias en algunos casos, de héroes, de mártires, de santos, de artistas en general, son de alguna forma los testigos de otros rostros, de los nuestros, anónimos y tan pasajeros. Y aun así no leemos la vida y obra del que bautiza la calle.

Sé también por experiencia propia, y es triste decirlo, que hay ciudades cuyas calles no tienen nombre. Son números impersonales que sólo el jazz logra animar de vez en cuando. Pero, volviendo a lo de los nombres de las calles, debe ser espantoso tener que llevar para siempre una calle a cuestas. Por eso Borges no quería que bautizaran calles con su nombre -ni siquiera aceptó un mausoleo literario en la Recoleta- y prefirió reposar bajo la sombra de Ulrica en Ginebra. ¡No me imagino cómo se sentirá Rolland ahora! Ha de ser una condena ver pasar una y otra vez a personajes etéreos como esta señora, y uno ahí, convertido en nombre de calle, sin poder escribir sobre lo que se ve. ¿Qué habría escrito Rolland sobre esta mujer?, ¿cómo habría escrito este cuento?, ¿qué título le habría dado?

Sé que a Rolland a veces se le recuerda más por ser una especie de alter ego de Zweig y por batirse con él en una batalla interminable cuyo escenario fueron las biografías ajenas. En números redondos, ganó Zweig. Los dos se pasaron la vida escribiendo sobre otros -sobre qué más podía escribirse en el siglo XX, si ya el siglo XIX había agotado la escritura del "yo"-. Zweig y Rolland combatieron "mano a mano" como buenos amigos. Incluso Zweig terminó escribiendo la vida de Rolland. Los dos murieron al final de la Segunda Guerra Mundial en las trincheras de la desolación. Recuerdo en especial los libros de Rolland y Zweig sobre Tolstoi, llenos de aforismos edificantes y ebrios de pacifismo galopante. Ambos severos y tajantes con Sofía, la esposa de Tolstoi, según ellos una tirana que esclavizó al pobre conde; salvo que en sus *Memorias* Sofía tiene mucho más que decirnos sobre Tolstoi que Zweig y Rolland en sus biografías heroicas. A lo mejor esa Sofía es como la mujer de este cuento.

Acompañado por esas visiones del pasado, llegué hasta el cementerio. Todo estaba colorido, sobre todo de amarillo. Algunas delegaciones oficiales dejaban coronas de honor en tumbas cinceladas y relucientes. Otros, en carros lujosos, traían su propio cura para rezar desde la cómoda calefacción interior. Vi parejas, vi ancianos, vi niños de la mano de sus padres. Todos, menos ella. La esperé. Di vueltas por el cementerio, de apenas dos manzanas de extensión. Di muchas más vueltas en vano. Una alergia repentina me obligó a abandonar mi solitaria y estéril cruzada. Mis estornudos retumbaban entre el cortejo oficial. Salí por la puerta principal del cementerio, que parecía absorbido por el ruido de la avenida periférica que lo bordeaba, casi por debajo de las tumbas, y devoraba todo a su paso. Imposible no pensar en la película *Las trillizas de Belleville* (además, la mujer de esa película tiene mucho en común con la de esta historia –sólo que ésta parece estar aún más sola–).

Me volví para mi casa por donde había venido, desandando la calle Jaurès (ese socialista al que mataron en un café de París por oponerse a la Gran Guerra), la Calle de la República (de eso mejor no hay que hablar), la calle Jean Monnet (uno de los padres de la nueva Europa, financiera y tras-in-humana, perdón, quise decir "transiberiana"), y la calle Péri (un resistente francés) hasta volver al Boulevard de Rolland. Ese camino que recorrí durante años nunca me había hecho pensar en esos personajes, en esas sombras urbanas que se pasean por nuestra memoria, vanamente. Lo mismo me hubiera dado que las calles se llamaran "Pompidou", "Eisenhower" o "Adenauer".

Al otro día ya no hubo carrito de compras con señora a cuestas. Así fueron pasando las mañanas una tras otra, y yo fui olvidando, sin quererlo, su rostro y su andar. Esa tumba que ella visitaba cada mañana estará hoy tan irreconocible como lo está ella ahora para mí. Una vez soñé con ella. La veía arrastrando su carrito lleno de víveres para ella y para "él": enlatados, leche, un par de jamones curados y algunos litchis de Madagascar. La veía sentarse en la tumba de "él" y almorzar en silencio. En mi sueño se sentaba a pelar una docena de litchis y luego guardaba con cuidado las semillas brillantes de ese fruto mágico. No recuerdo qué hacía con ellas. Al final la veía alejarse del cementerio, siempre arrastrando su carrito.

Mis mañanas se esfuman leyendo y de vez en cuando tomo un par de fotografías de los paseantes que caminan por el Boulevard Rolland sin importarles lo que éste haya escrito. No deja de ser paradójico que el edificio contiguo al mío, un colegio de secundaria, lleve a su vez el nombre de un fotógrafo francés que inmortalizó la cotidianidad “dulce y feliz” de la París en blanco y negro de los “treinta gloriosos” hasta empalagarla (me refiero a Robert Doisneau). Entre mis fotos y mis lecturas solpadas, no he tenido tiempo para leer a Rolland. La verdad no he logrado encontrarles el gusto a sus libros.

Segunda visión

Ayer la vi de nuevo. Caminaba por la Calle Daguerrotipo, arrastrando el mismo carrito de mercado. A esa hora de la tarde, los empleados de la Alcaldía que recogen los andamios, los puestos metálicos, los avisos publicitarios de colores y los triángulos para desviar el tráfico estaban listos para deshacer el mercado temporal de los viernes en la calle Daguerrotipo. Los ocho barrenderos del barrio se preparaban para limpiar. Algunos, ajenos a esta escena, terminaban de almorzar en los restaurantes que bordean la calle peatonal. Las dos señoras que atienden el quiosco de la esquina conversaban sobre el clima de mañana o el de pasado mañana o el de ayer. Un par de policías vestidos de civil fumaban un par de porros, tratando de cazar a algún despistado que les pidiera uno. Casi al frente, una librería con nombre de un poema de Mallarmé abría sus puertas. En su vitrina se podían apreciar las novedades de principios del año. Sobresalía en una esquina una colección de fotos tomadas por Raymond Carver (¡parecían cuadros de Hopper!) y un libro de gran formato dedicado a las obras póstumas de varios escritores checos. Otros pasaban en cicla y compraban una de las últimas frutas que quedan en los estantes ya semivacíos (tal vez un par de mangos o un par de litchis de Madagascar). En diagonal, un hombre viejo intentaba hacer una llamada en una de las últimas cabinas telefónicas que quedan en esta ciudad. Al fondo, una niña paseaba un perro basset hound.

Todos los viernes hay un mercado callejero en la calle Daguerrotipo. Desde hace años, los vecinos y los turistas se han acostumbrado a esta cita con vendedores que vienen de varias regiones de Francia, con sus quesos y sus jamones maduros y bien conservados. Es el final del invierno, y el movimiento de compradores es aun mayor. Podría ser un mercado de las pulgas. Tiene un cierto aire de inmovilidad, de repetición previsible. Los productos son más frescos y, aunque los precios son más altos que en los supermercados, los vecinos prefieren el trato coloquial de los comerciantes y aprovechan el rato para escuchar rumores sobre otros vecinos y para alardear sobre ellos mismos.

No lejos de allí sí hay un verdadero mercado de las pulgas. Lo conocí hace un par de días. Funciona sólo los domingos. Todo es muy caro y te quieren hacer pasar cualquier cuchara de cobre por un vestigio de la corte de Luis XIII (ni siquiera por uno de la de Luis XIV). La última vez que fui, un viejo me contó que, antes de la guerra, el mercado era muy animado, lleno de gitanas que leían el destino y que deambulaban por las tardes ofreciendo imágenes de futuros ensoñadores. Parece que ya no hay gitanas ni destinos que leer. O quizá sí los haya, pero no en esta ciudad donde todo el mundo parece estar de paso, pero donde paradójicamente no se ven gitanas. Es extraño. ¡Daría para una película de Tony Gatlif! A lo mejor ya nadie quiere saber su destino por anticipado o ya no están dispuestos a gastar plata en estas supercherías.

Ella se había detenido: parecía estar esperando algo. Jugaba con sus largas trenzas, describiendo con las manos movimientos circulares extrañamente disociados.

A las tres en punto, con la precisión de siempre, todo el mundo se preparaba para desmontar el mercado. Los últimos compradores se iban alejando hacia sus casas y el resto hacia el Metro. Los que estaban almorzando ordenaron un postre de pistacho o de tiramisú y luego pidieron la cuenta. Unos pagaron en efectivo y otros con cheque. Nadie dejó propina. Los meseros levantaron los platos y salieron a fumar un cigarrillo. La librería abrió, y la primera venta del día fue la autobiografía de un famoso político local ("Trabajen más como yo y enriquézcanse más como yo"). Las señoras del quiosco discutían ahora sobre las elecciones, sin nombrar a ningún político en particular, ni siquiera al que acababa de publicar su libro (que ellas, además, vendían en su quiosco). Algunos turistas tomaban las últimas fotos del mercado y compraban vino, mermeladas, miel de Bretaña y mucho ajo. Los ocho barrenderos hablaban del partido de ayer: un equipo de fútbol de la frontera este, donde juega un famoso jugador que también es técnico. Anoche el equipo perdió por goleada y quedó eliminado en los cuartos de final de una copa europea de segundo nivel. Uno de ellos había apostado algo y todavía se lamentaba. Los que iban en cicla se molestaban con los camiones estacionados a lado y lado de la calle. Sólo hacían un par de muecas y seguían su camino. El perro que iba con la niña orinó casi dentro de la cabina telefónica en la que estaba el viejo, quien no había podido comunicarse con nadie. Al lado del directorio telefónico, tenía una botella de vodka vacía. Una camioneta del almacén Bo-Bo, que reparte comida congelada a domicilio, se detuvo a un par de metros del mercado y dejó la puerta abierta con el radio encendido. El chofer entró en un edificio contiguo. Todos pudieron escuchar una emisión extraordinaria del noticiero de una cadena pública. Hablaban de un golpe de estado en un país lejano. En un lugar de América Latina que empieza con C (no es Curazao ni Cuba ni Costa Rica). Decían que unos militares habían formado un Gobierno de unidad nacional que garantizaría la democracia y la paz. Pasaron en diferido un comunicado donde un coronel de apellido rimbombante (o rocinante) les informaba a los habitantes de ese país que no les recomendaba salir a la calle por tiempo indefinido. El chofer de la camioneta regresó y cambió el dial. Puso una emisora que pasaba sólo viejas baladas francesas.

Yo seguía mirando a la mujer con su carrito, pero a ella parecía no importarle. Se acercó con timidez a recoger las semillas de litchis de Madagascar que habían quedado abandonadas en la calle. Era el fin del invierno, y ya no se veían muchos litchis en París. Los barrenderos la conocían bien y la llamaron por su nombre. Uno de ellos le dio unas monedas y un periódico en una lengua rara. A cambio, ella le leyó el destino y le entregó doce semillas de litchis. Le dijo que su vida estaba a punto de sufrir un gran cambio pero que no debía tener miedo. Lo miró a los ojos y le advirtió que debía cuidar más su salud. Luego le dijo un par de palabras en un idioma raro y el tipo le dio un beso en la frente. Los demás observaron con indiferencia. Uno de ellos se rió. Al final, la mujer se fue con su carrito de mercado lleno de semillas de litchis y se dirigió hacia su hotelito de paso. Decidí seguirla. Pasó frente a la librería, donde estaban las fotos de Carver y la autobiografía del político, y entró a buscar un cuaderno. No le interesaron los libros. Juntó unas monedas y compró un cuaderno de tapa negra de 80 páginas, en formato cuadriculado. Se dirigió al cementerio de Montrouge y se sentó encima de la tumba del doble de Alfred Jarry. La vi escupir sobre su tumba. A lo mejor lo confundió con Boris Vian. Al final de la tarde, escribió este cuento.

Nicole en el Carnaval de Aalborg

Nicole es periodista. Nunca estudió en una Universidad, pero los idiomas que aprendió en los colegios bilingües por los que había pasado en su adolescencia y su olfato noticioso, siempre al acecho de “hechos curiosos”, le fueron abriendo camino en el medio. Se entrenó en lectura rápida y en lectura entrelíneas, armas indispensables a la hora de escribir contrarreloj. Uno de los primeros trabajos que tuvo antes de ser periodista fue la clave para su éxito futuro: traductora de subtítulos de películas. Eso le sirvió para ajustarse a un formato preciso y para conservar una cierta musicalidad de las palabras. Todo esto habría de prestarle un gran servicio al convertirse en cronista.

Empezó trabajando en programas de radio de madrugada, donde traducía y redactaba noticias internacionales, y luego se instaló en un diario, hasta llegar a ser jefa de redacción. Hace veinte años trabaja ahí. Cambió la comodidad de los puestos en la sede central por su pasión por la reportería. Se ha ido especializando, con el paso de los años, en ser corresponsal extranjera. Se ha apasionado por los destinos más inesperados y ha logrado ir haciéndose un nombre a pulso, en la sombra.

Hoy le han anunciado que ha llegado su hora de pensionarse. Le han dejado un cheque en su casillero y un pasaje para Dinamarca. Una escueta nota escrita en lápiz rojo sobre un post-it amarillo dice simplemente:

"Gracias y buena suerte en Aalborg". Es la hora de su *Sunset Boulevard*, y ella sabe que no será Norma Desmond, sino una Buster Keaton que juega cartas y sólo dice: "Paso".

Al parecer, el final de su carrera se firmará en Dinamarca. Escribirá su última crónica durante el Carnaval de Aalborg. Ella no ha elegido ese destino, pero nunca se niega a ir donde la manden, con una excepción: con militares no habla. No sabe nada de Dinamarca (adonde además nunca había pensado ir), ni de la célebre Universidad de Aalborg, ni del famoso Carnaval que se organiza todos los años a finales de mayo. Aunque eso es relativo, pues todos conocemos muy bien Dinamarca. Muchos llevamos dentro algo del fantasma del príncipe Hamlet que primero fue el Amleth del monje danés Saxo Grammaticus en el siglo XII. Pero Nicole no está para pensar en Hamlet, ni en su castillo, ni en las fiordos, ni en Kierkegaard. Algo íntimo está atascado en su memoria. Algo que ocurrió mucho antes de hacerse periodista (de hecho, ella no quiere recordar por qué se hizo reportera ni por qué consagró su vida a viajar y a escapar de ese algo). Su evasión se convirtió poco a poco en su Norte.

Al principio, Nicole trata de no pensar en que será su último viaje y su último reportaje. Se dedica a recopilar información sobre Aalborg, hace un par de llamadas para contactar a los responsables del Carnaval y se va a almorzar. El menú del día en el restaurante que queda en el sótano del diario es pavo en salsa de ciruelas deshidratadas, acompañado de arroz integral y de ensalada de pepinos. El vino del día es chileno, reserva de 2666 (Bodegas Bolaño). El postre es, como no podría ser de otra manera, litchis de Madagascar.

Sin embargo, Nicole no está de humor hoy para comerse esos litchis. Se queda pensando más bien en

Madagascar. Ése fue su primer viaje como reportera. Es curioso que, en su último almuerzo como reportera del diario, le ofrezcan litchis de Madagascar. Por momentos, llega a imaginarse que es una broma de mal gusto de alguno de sus colegas. Le da risa recordar que nunca comió litchis en Madagascar. Así como no tomó café cuando fue a Manizales, ni bebió pisco en Lima, ni mezcal en Tijuana. Nicole es como la iguana de la ronda infantil. A esa hora no hay muchos reporteros en el restaurante. Sólo se ven algunas personas del turno de la tarde de la rotativa, que recién se preparan para iniciar la jornada. Comen en forma apresurada y se beben todas las reservas de vino. Algunos saludan a Nicole desde lejos. A decir verdad, ella no tiene mucho apetito. Sólo se toma la copa de vino y se dirige a su oficina.

En el ascensor se encuentra con el director del diario. Un tipo de apellido pagano, de su misma edad y que nunca terminó de entender por qué ella había abandonado una carrera ascendente para dedicarse sólo a escribir "hechos curiosos". Los dos llegaron por la misma época al diario. Él empezó como periodista deportivo, cubriendo sobre todo eventos de boxeo y de hípica. De esos tiempos le quedó el gusto por las apuestas. Poco a poco fue ganando posiciones hasta llegar a director. Cruzan un par de palabras y quedan en salir a comer cuando ella regrese de Aalborg. No hablan del "retiro" ni del futuro de Nicole.

De vuelta en su oficina, Nicole empieza a clasificar la información preliminar sobre el Carnaval. Saca, de uno de los cajones de su escritorio, una vieja guía de hostales europeos y hace algunas llamadas. Siempre organiza los viajes de la misma forma. Empieza por su alojamiento y después va informándose sobre la situación de la ciudad, a través de periodistas locales. Uno de ellos le cuenta por teléfono que la calle más famosa de Aalborg es Gaden (*calle de la Virgen Ana*). Ése es el epicentro del Carnaval. Le aconseja que se quede a dormir en un hotel cercano a esa calle. Eso es todo lo que ella quiere saber. No le gusta llenarse de información y de prejuicios, y prefiere entregarse a su percepción *sur place*. Su vuelo para Gaden sale mañana a primera hora. Estima que estará una semana en Aalborg. Llevará una maleta ligera y aprovechará los ratos libres para terminar sus memorias. No piensa incluir nada de Aalborg, a menos que algo o alguien cambie su parecer. Lo último que escribirá será sobre su último día en el diario.

Todavía no ha pensado en un nombre para sus memorias. Le gustaría tomar prestados un par de títulos que ha leído por ahí: *Amanecer en el valle del Sinú, De sobremesa* o *Fugida* (huida, en catalán). No le importaría tener que pagar los derechos de autor, pues sabe que vale la pena. En sus viajes siempre lleva un libro de poemas. Sus preferidos son los poetas españoles exiliados después de la Guerra Civil.

Pocos conocen su faceta más melancólica y soñadora. En sus crónicas se ve siempre a una mujer muy determinada y muy segura de sus convicciones. Aun en contra de la voluntad de algunos periodistas, el diario acostumbra incluir una foto de los periodistas al lado de los artículos de las páginas interiores. Su foto, que nunca ha cambiado, es de unos veinte años antes. Acababa de tener a su primer hijo. Está de perfil y lleva una cadena de plata. No fue una foto pensada para hacerse pública. Tiene un aire triste y quizá es eso lo que más les atrae a algunos. Por esa foto que ella nunca ha querido cambiar, aún recibe cartas de admiradores, unos secretos y otros menos. Al principio le despertaba mucha curiosidad lo que unos desconocidos podían pensar de ella sólo por ver una foto. No entendía cómo alguien podía obsesionarse tanto sólo por una foto (hay que ver muchas películas de Bergman para entender a esas personas). Y sobre todo de ella, pues nunca se creyó muy fotogénica. Le intrigaba imaginar qué los llevaba a escribirle y a invitarla a cenar, o simplemente a enviarle flores. Unos le mandaban poemas y otros llegaron incluso a proponerle matrimonio. Otros simplemente soñaban con ella y la acariciaban en las tinieblas del silencio (y a ella le habría gustado saberlo). Eso era porque seguía firmando con su nombre de soltera. De hecho, hacía muchos años se había separado de su marido, pero nunca se habían divorciado legalmente. Después de un tiempo dejó de leer las cartas, que seguían llegando con cierta regularidad. Ahora ya no lee ninguna, pero le gusta saber que siguen llegando. De hecho, cuando pasa una semana sin haber recibido cartas, averigua discretamente en la recepción del diario si hay algo olvidado para ella.

La Nicole periodista tiene poco que ver con todo lo que podrá leerse en sus memorias –si es que un día las termina y se decide a publicarlas–. En sus crónicas, que le han merecido varios premios internacionales de periodismo que ella siempre ha rechazado por falsa modestia, su estilo, en buena medida oral y coloquial, trasluce pocas sombras de su vida. Ni siquiera cuando entrevista a mujeres con rasgos parecidos a ella sale a relucir algo de la Nicole del pasado. Sólo una vez la Nicole interior se puso en escena sin quererlo. Fue en uno de los pocos viajes a países en guerra cuando le tocó entrevistar a un militar. Allí se despertaron todos sus fantasmas. Es decir, uno. No fue cuando tuvo que estar a solas frente a ese coronel engreído y petulante (en esos momentos siempre prima el aspecto profesional de Nicole). No le temblaba la voz para hacerle las preguntas más intimidantes y atrevidas. Hablaba de desaparecidos y de interrogatorios extrajudiciales sin alzar la voz y sin ceder a las presiones de los asesores del coronel, que intervenían en cada pregunta y sobre todo en cada respuesta. Fue después, cuando estaba transcribiendo la entrevista, cuando se aparecieron sus fantasmas. De repente empezó a escuchar la voz de su ex marido, también militar –(para)médico-(para)militar para ser más precisos–. Desde ese día rechazó cualquier entrevista o nota que tuviera que ver con militares. Esa voz la insultaba y se burlaba de ella con frases sacadas de Gilles de Rais.

Al final de la tarde, Nicole guarda en dos cajas todo lo que hacía parte de su oficina: sus diarios, libros, revistas y un par de cuadros de paisajes impresionistas. La oficina, una vez vacía, se ve mucho más pequeña de lo que ella creía. Sus colegas de piso se acercan uno por uno y le dan un abrazo de despedida. Todos se han ido formando a su sombra y ella los ha iniciado en el oficio, acompañándolos en sus primeros viajes de reportería, incluyendo a su sobrina, que vive con ella desde que Nicole se divorció, en su apartamento con vista al Panteón. Los que la conocen bien siempre dicen que, aunque la Nicole escritora es muy reconocida, es mucho más impactante su faceta como maestra de jóvenes reporteros. Todos han recibido sus lecciones en innumerables talleres de formación periodística. Toda su fuerza y talento están en su voz.

Alguien propone un brindis de último momento, y todos se dan cita en un bar cercano. Nicole parece estar de acuerdo, aunque no promete que cumplirá la cita. "Mañana tengo mi último viaje, no lo olviden", les dice. Cuando están todos tratando de convencerla y están a punto de irse para el bar, llega de improviso el director del diario. Le hace una seña discreta a Nicole para que hablen a solas. Los demás creen que la dirección ha preparado una fiesta sorpresa para la reportera estrella del diario. Con su languidez de siempre, el director cruza unas lacónicas palabras con Nicole y vuelve a su despacho del cuarto piso. Nicole observa las dos cajas al lado de su oficina y se echa a reír. Le dice al resto de reporteros que los espera en el bar; al fin y al cabo, aclara: "Mañana ya no tendré que trabajar". "Esta noche la casa invita", les dice. Todos aplauden alborozados y preparan sus abrigos y sus paraguas. Nicole lleva en la mano un cheque que le acaba de entregar el Director. Ya no habrá Aalborg, ni Dinamarca, ni última crónica ni Carnaval. El director ha contratado a última hora a una nueva reportera que tomará el lugar de Nicole desde mañana mismo y debutará en el diario con una crónica -más jovial y picante, como dicen en esa jerga-, sobre el Carnaval de Aalborg y algo más. La nueva reportera -que no sabe nada de Hamlet, Amleth, Kierkegaard o los fiordos- aprovechará el viaje para entrevistar a un coronel retirado de un ejército aliado, que vive en las afueras de Aalborg, y quien es ahora el nuevo dueño del diario.

Manuscrito con vista al mar

4 de abril de 2018

Algo político-patético

En el diario *El Espectador*, de Bogotá, leo una entrevista con Eleuterio Avendaño de la Espriella, más conocido bajo el alias de Mr. Pol Pot, un exguerrillero de "noble cuna" que acaba de ser elegido senador en marzo. Colombia es a veces un país democrático y es siempre una nación (a pesar de sí misma, como decía un historiador) de muchos "alias". En la entrevista no se habla de las propuestas del Senador (su lema de campaña fue: "Chuzo en la mano de los corruptos"). El tema que señala una y otra vez la periodista es el pasado de Mr. Pot: se le pregunta con insistencia cómo terminó en la guerrilla a pesar de ser hijo de una "buena "y tradicional familia costeña (el "a pesar" se subraya varias veces). No se le pregunta, por ejemplo, a qué se dedicó durante los diez meses que estuvo en la cárcel o cómo fue su experiencia como embajador de Colombia en la Santa Sede durante cuatro años, o cómo le ha ido con su negocio de "importación de lana escocesa", o con la exportación de "artesanías colombianas" o por qué cree que 20.500 personas votaron por él. En la calle a Mr. Pot también lo llaman "Mano negra", "El Pelapapas", y "Mr. Baloto", pues la recompensa que le pagó el Gobierno hace diez años, tras haber matado a un cabecilla de la guerrilla (trayendo la mano del finado en una bolsa), fue del mismo monto del último acumulado de la lotería de ese año.

Mr. Pot se hizo mundialmente conocido por haberse ganado una recompensa del Gobierno colombiano de 20.500 millones de pesos (unos 7 millones de euros mal contados) por haber matado a su jefe, a uno de los comandantes de la guerrilla en el 2008, un tal alias "Tremebundo de Plomo". A mí lo de la mano, ni me va ni me viene. Igual en Colombia, un país de 50 millones de habitantes, cortan manos y otras cosas desde hace setenta años, y hay senadores que han sido elegidos con menos votos y con más crímenes. Y, que se sepa, Mr. Pot sólo mató a su antiguo jefe. O a lo mejor lo mató otro y Mr. Pot sólo le cortó la mano post-mórtem, como un gesto humanitario consigo mismo.

5 de abril

Algo sobre otros

Si éste fuera un relato escrito en tercera persona, el que se pusiera a (d)escribir(me), empezaría seguramente describiendo el cuarto en el que vivo. El narrador impersonal diría que el sujeto en cuestión, es decir yo, vive en una buhardilla de un apartamento casi abandonado del barrio (de) La Soledad en Bogotá. Como dice un poeta menor, un barrio que queda entre (el barrio) El Retiro y (el barrio) El Recuerdo. No está mal como composición urbana. Sí, vivo en una buhardilla concebida para albergar a niños epilépticos o con retraso mental. El barrio es bohemio y de viejas casonas de los años cuarenta con amplios parques, cafés y restaurantes. Es uno de los sectores más cotizados de la Bogotá de los últimos años. A sus calles han venido a vivir algunos extranjeros, así como parejas jóvenes que regresan de estudiar en el exterior, y abundan los profesores y estudiantes de una universidad cercana. Muchas casas han sido reformadas para darles paso a tres o cuatro apartamentos independientes que se venden muy bien. Si fuera otro quien contara esta historia, tal vez debería comenzar por las postales regadas en el piso, por los afiches pegados en las paredes, por la colección de botellas vacías y por los libros de poesía de la colección Visor. Si fuera un poco más curioso, se interesaría por los diarios íntimos que desmenuzan mi vida desde hace dieciocho años bien contados, es decir desde que *ella* apareció. Al leer las notas y los comentarios sueltos, poco a poco se iría haciendo predecible el curso de los acontecimientos venideros.

Un observador imparcial se daría cuenta desde el principio de que el cuarto ha sido habitado por la misma persona durante muchos años. Sin embargo, si mirara más en detalle, también notaría que aún hay rastros de otras personas que eventualmente habitaron allí. Algunos vestigios de feminidad ululan en el ambiente. No podrían considerarse pruebas contundentes, pero un buen observador sabría interpretar ciertas señales. En suma, este espacio hablaría mal de mí y diría toda la verdad sobre este caso. Cualquier observador más o menos atento se concentraría en una cartelera amarillenta, colgada en la puerta de la cocina, con fechas, números, direcciones, teléfonos y nombres, y en un mapa de Bogotá con puntos rojos que señalan varios lugares: un centro comercial, una iglesia, un restaurante italiano, un parque y un museo. Si se fijara bien, le sería fácil establecer ciertas conexiones entre el mapa y la cartelera.

Sin embargo, ninguno de esos detalles despertó sospechas en la policía. Y eso que vinieron varias veces a tomar huellas y a hacer algunas fotografías. Las preguntas que me hicieron no apuntaban a nada concreto y pude responderlas sin problema. Eran preguntas más bien rutinarias. Mis respuestas no eran registradas con la minuciosidad que uno esperaría en estos casos, sino que apenas eran agrupadas de acuerdo a una tabla de respuestas de selección múltiple que llenaba uno de los investigadores forenses. En cuanto a las fotografías, hicieron sólo cuatro, instantáneas, mal tomadas y sin ningún propósito en particular. Si se les hubiera ocurrido hacer un corto video, habrían resuelto el caso enseguida, pero nada parecía interesarles. Creo que, en el fondo, nunca he despertado la más mínima sospecha y sólo vinieron a verme porque mi nombre aparecía citado varias veces en el diario íntimo de la víctima, sobre todo durante 2013 (es decir, ocho años después de habernos separado). Ella casi nunca hablaba de mí y, cuando lo hacía, utilizaba el apodo de "La bestia" y lanzaba un par de frases amargas y llenas de resentimiento.

A los policías ni siquiera les sorprendió que hubiera fotos de ella sobre mi cama, todas marcadas con labial. Creo que ni se dieron cuenta de quién era la persona de la foto. O no lo recordaron o no les importó.

Vinieron tres veces y sólo la primera vez dieron muestras de querer encontrar algo –no para resolver el caso, sino para inculparme a mí de otros delitos–. Un pastor alemán olfateó hasta el último rincón de mi cuarto, y los dos agentes revisaron uno a uno mis libros. El único que llegó a inquietarlos fue la novela de Roberto Bolaño: *La Literatura nazi en América*. Me dolió que se la llevaran, no porque fuera, irónicamente, el único libro de "izquierda" que tenía en mi cuarto, sino porque se trataba de una primera edición.

6 de abril

Algo de ella

Si éste fuera un relato en segunda persona, digamos escrito por ella, desde el más allá, para mí, todo empezaría por el final. Por la última escena. Ella se centraría en mi rostro y en mis manos. Luego toda su vida conmigo pasaría ante sus ojos como en la película *Belleza americana*. Después me cantaría al oído una vieja zamba, una *Zamba para olvidarte*, de Mercedes Sosa. Me imagino que a ella le habría sorprendido ver el ritual con el que la despedí. Al lado de su cadáver, dejé mi firma y sus iniciales con semillas de litchis de Madagascar: "AMAV-JABH" (los enamorados marcan sus nombres en un árbol). Le habría impactado aún más ver cómo tomaba fotografías en color y en blanco y negro. Las fotos del ritual (sin el cadáver) tampoco despertaron el interés de la policía.

7 de abril

Algo de mí

Como finalmente es un relato en primera persona y soy el yo el que se aventura en esta narración, me internaré en la historia mía y de esa mujer. Iré poco a poco, rumiando algunas palabras después de beber un par de suspiros con ron. Me cortaron hace semanas la luz y el teléfono. Tengo rotos los vidrios de la ventana desde hace años, y el lavamanos (no tengo ducha) funciona sólo por las mañanas (después de haberlo destapado con una chupa y con un alambre). En el armario sólo tengo tres mudas de ropa y un par de zapatos muy gastados. Los baños son compartidos con otros inquilinos. Cocino con un viejo reverbero de alcohol, herencia de mis abuelos, y uso siempre loza desechable, pues nunca me gustó tener que ensuciarme las manos con mis propios desperdicios.

Me voy acercando como puedo al desarrollo de la trama. Me apoyaré en un amuleto, un dije con forma de jirafa que llevo amarrado a una cadena de plata colgada en el pecho desde hace dieciocho años, como si fuera un tatuaje. Me acuerdo del día en que me lo regalaron. Fue el 31 de mayo del 2000; acababa de morir el timbalero Tito Puente. La noticia me había "agarrado" cerca de un bar de salsa. Estaba dando un paseo con Grandalf, mi perro, un setter irlandés, por el centro de Bogotá. Como éramos amigos con el dueño del bar El Antifaz Pagano, me dejaban entrar con Grandalf cuando no había más clientes. Por esos días yo iba de bar en bar. Bailaba hasta que cerraban, sin tomar, sin fumar y sin deprimirme. Esa noche el DJ, mi amigo de la universidad Diego Ortiz Alvear, puso sólo música de Tito Puente. Hizo un recorrido por su carrera, desde el mambo hasta el latin jazz, pasando por el chachachá y el boogaloo. Hubo discos de Puente con Pete *el Conde* Rodríguez, con Ray Barreto y Miles Davis. Le pedí al Diego que pusiera tres veces seguidas mi canción favorita de Tito: *Mambo gallego*. Esa noche, un jueves, nadie más llegó al bar, así que estuve escuchando solo a Tito Puente hasta la una de la mañana. Eran los años "zanahorios" de Bogotá, cuando los bares cerraban a esa hora. Al final de la fiesta íntima en el bar, me fui con Grandalf para mi cuarto (o al menos eso pensé en ese momento). Justo esa noche nos conocimos. Yo caminaba por la carrera séptima yendo hacia la Soledad, a la altura del Parque Nacional, casi guiado por Grandalf, pues yo iba como un sonámbulo. A veces me pregunto si en lugar de haber escuchado a Tito Puente –y de haber ido tarareando ese *Mambo gallego*– me hubiera convenido más haber oído a Rubén Blades. No hablo de *Pedro Navajas*. Me hubiera convenido aprenderme de memoria la canción *Maestra vida*. Esa que dice así: "... y aprendo mucho y no aprendo nada... y vi espinas y vi rosas/ vi morir seres queridos/ vi bellezas fui testigo de maldades y de guerras/ vi lo bueno de la tierra/ y... entre el drama y la comedia, avancé entre agua y fuego... /y en Dios me acuerdo primero sólo en trance de morirme/ o a veces si estoy triste, más nunca si estoy contento.../".

Esa noche nos conocimos. Ella caminaba borracha por los bares cercanos a una universidad privada que desemboca en el Parque Nacional, donde yo me había sentado finalmente a descansar un rato. Grandalf se había dormido primero, y por eso me tocó quedarme despierto para hacer la primera guardia de la noche -parecía que íbamos para largo-. Yo seguía tatareando viejos mambos de Tito Puente, hasta que de golpe apareció ella, y me pidió un cigarrillo Pielroja. Le dije que no tenía, pero igual se sentó y comenzó a hablarme de su vida. De vez en cuando Grandalf se despertaba, y ella lo acariciaba. Fue un flechazo de amor inmediato entre los dos (Grandalf y ella).

Desde esa misma noche nos fuimos a vivir juntos a esa vieja buhardilla en la Soledad. Los primeros días fueron turbulentos, llenos de retazos de amor desenfrenado e insultos salidos de *La cantante calva,* de Ionesco. Sí, había excesos, pero no presagiaban un desenlace fatal. Nos hubiéramos podido separar "por las buenas". Dejarnos de ver durante cinco o diez años y después vernos de nuevo por azar. Ser amigos como nunca lo fuimos antes y compartir esos viejos gustos secretos. Incluso hubiéramos podido vivir juntos de nuevo, ya en nuestros años maduros. Varias veces ella me dejó y varias veces la dejé a ella, así que el único que siempre estaba en el cuarto era Grandalf, que además nos era fiel a los dos "a su manera". En parte era más su perro que el mío. Al final Grandalf terminó yéndose también. Se escapó un día que dábamos una vuelta con él, casualmente por el Parque Nacional, donde todo había comenzado. Eso nos unió por un tiempo. Por momentos parecíamos casi felices, tomados de la mano, mientras buscábamos desesperadamente a Grandalf por toda la ciudad. Nunca lo encontramos. A partir de ese día, el 4 de abril de ese 2005, y hasta el 1 de julio, no dejamos de amenazarnos y de lacerarnos con palabras y con instrumentos de corto, mediano y largo alcance. No voy a entrar en detalles. Todo se degeneró muy rápido, y de nosotros quedó muy poco. Finalmente ella se fue y sólo volví a verla casi diez años después.

8 de abril

Algo del crimen

Sí, yo sé muy bien que ella está muerta desde hace tres años y medio, pero no quería que ése fuera el final de este relato. Quería encontrar en la ficción un rumbo diferente a esa historia, y sobre todo, quería un final ucrónico. Quería ganarle el pulso a la muerte con una buena dosis de imaginación. Hasta me ilusioné con la idea de dar con el paradero de Grandalf. A punta de ucronía, creí poder salvarla y salvarme. Creí que, escribiendo una novela llamada *Manuscrito con vista al mar*, podría exorcizar su fantasma. La novela es policial y comienza con la escena del crimen: el suicidio (aparente) de una mujer de 31 años en una buhardilla del barrio La Soledad, de Bogotá. Un hecho curioso que salió en un par de periódicos. El principal sospechoso soy obviamente yo, y la trama se construye en torno a las falsas pistas que yo trato de ir lanzando para salvarme de la cárcel.

El problema es que estamos en Colombia, y la novela fue un éxito inmediato. ¡La historia fue interpretada por la crítica especializada y por algunos lectores igualmente desorientados como la lucha de un hombre incomprendido e inocente frente a una policía injusta y corrupta! Nadie entendió que la novela era mi confesión.

No he olvidado que fui yo quien la mató, pero no quise comenzar por ahí este relato. Eso no fue lo que concluyó la policía. Para ellos estaba claro desde el principio que había sido un suicidio. Y a su manera tenían razón. Es algo que no logro decir como quisiera ni en tercera ni en segunda ni en primera persona. Al fin y al cabo ella también pudo matarme, y entonces sería ella la autora de este cuento. Cambiarían el nombre del asesino y de la víctima, pero no el lugar, el móvil ni las circunstancias. El caso es que pasado mañana me entregaré y confesaré que su muerte fue un suicidio a medias. Ésa es la verdad. Me llevarán a juicio y me condenarán por mucho a tres años de prisión. El editor de la novela se pondrá feliz, pues con certeza el escándalo aumentará aún más las ventas.

9 de abril

Algo de hace 70 años

Ésta es mi primera noche en la cárcel. Hoy hace 70 años mataron a Gaitán en Bogotá. Él había pronosticado que, si lo mataban, Colombia vería un río de sangre de cincuenta o sesenta años; ya no me acuerdo bien. Se quedó corto. Sólo sé que ese acontecimiento cambió el rostro de este país. Alguna vez me dijeron que el mejor libro para entender ese asesinato es la novela de Miguel Torres, *El crimen del siglo*. Se lo pregunté al bibliotecario de la cárcel, mi compañero de celda, el poeta Edmundo

Rodríguez. Me habló de los "libros prohibidos": *Milonga para seis cuerdas*, de Borges; *Boquitas pintadas*, de Puig; *Los detectives salvajes*, de Bolaño; *La realidad y el deseo*, de Cernuda; y las obras completas de cualquier francés que se respete.

–¿Y entonces usted qué lee? –le pregunté.

–No leo, sólo escribo –me dijo–. Llevo aquí trece años y desde entonces el inventario de la biblioteca sigue siendo el mismo: la obra completa de Jorge Santiago Mendoza Becerra, alias *la Brújula Mágica*, en doce volúmenes, formato de lujo, de la Casa Editorial Calibán... Verá, el Alcalde dice que es mejor no darles más ideas a los presos.

Me pregunto a qué se refiere el Alcalde con "ideas"... Si leyeran a Bolaño (sobre todo *2666*), entenderían muchas cosas.

–¿Y el de Miguel Torres no me lo puede conseguir? –insistí.

–Ah, ese también lo prohibieron –replicó–. Igual que los de Herbert Brown, Arturo Alape, José Antonio Osorio Lizarazo y Pedro Manrique Figueroa. Si quiere leer algo sobre Gaitán, sólo dejan entrar un libro de un tipo de apellido "Pecó".

–¿Y es bueno? ¿Usted lo leyó?

–Sí, lo leí en mis años mozos, cuando era un camisa negra. No pierda su tiempo.

–Me siento en una prisión de Texas... ¿sabía que allí prohibieron a Bolaño desde el 2008?

–Caramba, qué coincidencia... también lo prohibieron en los colegios raizales de Bogotá.

–¿Raizales?

–Campestres...

10 de abril

Algo en televisión

Hoy fue nuestra jornada de "sano esparcimiento". Nos llevaron a ver un viejo show televisivo de los años ochenta, uno de esos enlatados de cámara escondida. La acción transcurre en un concesionario de autos convertido por un día en set de televisión y en hall de autos famosos. El decorado es simple: el dueño del negocio, dotado de una panza americana, un par de animadoras de pechos operados en minifalda, unos curiosos con cámaras fotográficas, el auto de Magnum y Magnum –es decir, alguien que se parece a Magnum, pues se nota a leguas que es un doble (como Colt Seavers, el personaje de la serie *Profesión peligro*)–.

De repente nos muestran a una mujer mayor a la que llaman "Lucy". Está parada frente al auto de Magnum. Es la presentadora del programa, mejor dicho, la que develará la trama –como si no fuera evidente lo que hace, tiene el descaro de picarle un ojo a la cámara (escondida). Después la vemos mirando fijamente la placa del auto de Magnum: AJI-007. El juego de letras y números podría llevarnos a una película de cine negro-cómico, de picantes detectives criollos como la película *La gente de la Universal*.

Ya no me acordaba de Magnum. Ah, ese Tom Selleck de los ochenta, hoy presidente de Estados Unidos (logró seguir los pasos de Ronald Reagan) gracias a sus amigos de la Asociación "Caritativa" del Rifle, a Obama, a los *Tea Parties* y a Michael Moore. Tengo que reconocer que Selleck le daba a la serie un aire altivo a lo 007, a lo James Bond desempleado (muy distante, eso sí, de las osadías de un MacGyver y del humor "intrépido" de un Murdock en *Los Magníficos*). Me acuerdo bien de ese

Magnum, un veterano de Vietnam que acariciaba con ternura los perros doberman de su patrón.

El libretista del show eligió como gancho publicitario, por falta de presupuesto y/o de imaginación, sólo autos que salieron en películas de series B o que pertenecieron a políticos que ahora están en la cárcel. A la gente la invitaron al show con la promesa de una foto con Magnum. Se nota que nadie quiere saber de otros autos ni de otros pilotos. Sólo fueron a ese show para ver a Magnum y su auto. Son como las hermanas Patty y Selma Bouvier de *Los Simpson* en el capítulo quinto de la Temporada 26. Magnum era la gran atracción de la exposición. Si no, no la hubieran llamado: "Magnum, como lo viste en la televisión...".

El show continúa (el doble de Magnum hace lo posible por animar al público y firma afiches piratas de Magnum) hasta que Lucy "descubre", unos minutos antes del final del programa, que el auto de Magnum es una réplica. "No tiene la línea. Ese Ferrari perdió la línea... y quienes conocemos a Magnum sabemos que nunca estrelló su auto", grita Lucy mirando a la cámara. Y otra vez, como al principio, vuelve a picarnos el ojo. Eso ya es el colmo.

Luego Lucy echa un discurso moralizante de tercero de primaria. Dice que los americanos pueden soportar que les traigan al doble de Magnum, y no al verdadero Selleck, pero no van a aceptar que les mientan sobre autos (no sé por qué me da risa recordar a Bill Clinton y a George W. Bush). A nadie le interesa confirmar si lo que dice Lucy es verdad o no. Todos se exasperan y exigen ver al verdadero Magnum y su auto. Luego empiezan a destruir el (falso) set de grabación y vemos en la última escena al dueño del concesionario y a Magnum escondiéndose debajo del Ferrari, como si fuera una *remake* de una película del Gordo y el Flaco. Mientras tanto, Lucy sube la ceja derecha como Magnum y sonríe mirando a la cámara. El show se acaba con la música de Magnum de fondo.

A la vista del lector

Ana Sofía cuenta sus últimas monedas y deja aparte los dólares ganados en la última hora. No hay más clientes a la vista y se toma una pausa. Está dejando de fumar, pero no le hace el quite al último cigarrillo del día. El médico le ha recomendado que haga ejercicio y que mejore su régimen alimentario. Le ha prohibido el cigarrillo, las "emociones fuertes" y el dulce. "No deberías estar todo el día de pie. No es bueno para tus rodillas. Debes pensar en el futuro. Sé muy bien que te gusta andar comiendo todo el día, pero debes acostumbrarte a otra vida. Cuando ya no tenemos veinte años, debemos prepararnos para la tercera etapa de la vida".

Ana Sofía no ve cómo podría trabajar sin "estar de pie". Además, ya no es hora de cambiar de oficio. Una vez una amiga que vivió en Europa le contó que en Holanda se trabajaba de otra forma: "Allá no tienes que estar de pie todo el día. En los andenes se habilitan espacios exclusivos para ejercer nuestro oficio sin tantos contratiempos. Incluso son los clientes los que vienen a buscarnos".

En Cartagena, la fama de Ana Sofía le permite darse el lujo de que sean los clientes quienes tengan que buscarla. Se sienta a fumar en el andén, lejos de las miradas invasivas de los turistas furibundos que bordean el Malecón, y marca un número de teléfono en su celular. Al otro lado de la línea suena un contestador automático:

“Lo sentimos. En este momento no podemos atenderlo. Su mensaje, sin duda, es prioritario para nosotros. Siempre estamos cerca de usted. No deje de pensar en nosotros. Por favor, digite el número de su documento de identidad y en breve le devolveremos la llamada. El costo, incluido el IVA, se lo cargaremos a su cuenta. Hasta pronto”.

Ana Sofía no deja ningún mensaje. Termina de fumar su cigarrillo y enciende otro antes de que se acabe el primero. A esa hora nadie repara en su presencia espectral. Ni siquiera uno de los viejos recicladores de “botella y papel” que recorren eternamente el puerto se acerca a pedirle un cigarrillo o un “besito de... negra”. (“Un besito, negra, dale un besito a este viejo-pecho frío... dame un besito de negra... no te hagas la intratable... déjate querer, así sea de medio lado...”, suelen decirle los vagabundos, a ritmo de son trasnochado). Hoy el día ha estado tan malo que ni Heriberto Polanía, el lustrabotas oficial de la ciudad, ha venido a brillarle sus viejas botas marca Popsi. Ana Sofía todavía tiene que esperar una hora más antes de que vengan a recogerla. Busca en su bolso su paquete de cigarrillos. Se topa primero con el único “regalo” del día (sus viejos clientes suelen darle de vez en cuando un regalito, aparte de venir a lo que vienen): una bolsa de litchis de Madagascar, traídos directamente desde Singapur. El capitán del Barco Ebrio, un viejo amigo que suele venir a Cartagena una vez cada dos años, siempre le trae los mismos litchis. Al principio no le gustaron pero, con el paso del tiempo, se fue acostumbrando a su sabor y de vez en cuando guarda algunas semillas. Después de haberse comido una docena de litchis, saca de su bolso una pequeña alcancía de color dorado, donde deposita cinco dólares con sesenta centavos. Es el ahorro del día. Los billetes se esfumarán más tarde cuando tenga que pagar una parte del arriendo (debe un mes de renta por el alquiler de una buhardilla) y deba comprar un par de zapatos nuevos. Los zapatos son esenciales en su oficio. No es lo primero que observan sus clientes, pero hace a parte de su estilo. Antes de fumarse otro cigarrillo, vuelve a marcar un número en su celular. Esta vez alguien responde después del primer timbre: "Hola... residencia de la familia Melo Pinilla. ¿Con quién tengo el gusto de hablar...? Hola... ¿hola?".

Ana Sofía espera unos segundos y cuelga. Enciende su tercer cigarrillo del día y lee una revista de farándula internacional en inglés. Le gusta ver las fotos de los eventos sociales y lamenta que pocas veces se puedan ver los zapatos de la realeza y de la nobleza europea. En cambio, siempre sonríe cuando ve los zapatos de los actores de Hollywood. A veces recorta las fotos de "famosos con zapatos". El resto de secciones de esas revistas no le interesan. Cuando va a encender otro cigarrillo, un carro descapotado se acerca a su andén, y suena la bocina. Han llegado antes de lo convenido. Dos hombres con acento extranjero y algo mayores se bajan del carro y abordan a Ana Sofía con una sonrisa superficial en sus rostros. El que venía manejando le pregunta cómo estuvo el "negocio" hoy y el otro se limita a ojear un rato una revista de deportes. Ana Sofía les dice que ya está lista para irse y les pregunta si puede hacer una llamada. "No tenemos prisa. Nosotros sabemos cómo funcionan las cosas aquí. Venimos dispuestos a adaptarnos a las costumbres locales. Lo importante es que tú te sientas cómoda cuando llegue el momento. Por ahora, tómate tu tiempo".

Ana Sofía marca otro número y esta vez deja un mensaje lacónico, indicando una dirección y un nombre. Los dos hombres la invitan a tomar un café en un bar cercano. Antes de que ella comience a contarles su historia, uno de ellos enciende una grabadora: "Llevo treinta años trabajando en las calles. Empecé de pelada, cuando vivíamos en Riohacha. Mi mamá y mi tía me iniciaron en el oficio. Eran otros tiempos. Nuestros mejores clientes eran el cura y el alcalde. Mi mamá dice que mi abuela inició a nuestro Premio Nobel en nuestras artes. Creo que él ya contó eso en sus memorias. Gabito siempre es muy atento con nosotras. La última vez que lo vi, me regaló su último libro: sus *Memorias...* Lo que no me gustó fue el título. En la época de Gabo, la gente no venía a las carreras a buscarnos. A veces incluso teníamos clientes que venían sólo a hacernos visita. Se tomaban un cafecito en la sombra y charlábamos un rato. Aquí en Cartagena todo es más competido y tienes que hacerte un lugar. Tienes que hacer respetar tu esquina y tu antigüedad. Eso sí, a mí me va mejor que a las demás porque sé hablar inglés y sé tratar bien a los turistas. Yo sé cómo interpretar lo que vienen a buscar y casi siempre logro satisfacerlos. A mi marido no le gusta mucho que yo siga en las calles, pero no se mete en mi vida. A veces, cuando no doy abasto con tanto cliente, me trae el almuerzo y se toma un par de cervezas con los que llegan a esa hora. Con mis hijos todo es más complicado. A veces dejo que la mayor venga a darme una mano, pero ella se aburre mucho aquí. No sé qué otra cosa quieren saber...".

Uno de los hombres le pregunta si puede tomar un par de fotografías. Mientras ella posa para la cámara, como si fuera una de las modelos de la revista de farándula, el otro hombre escribe con impaciencia en su libreta: "Ana Sofía es una de las voceadoras de prensa más legendarias del Caribe colombiano. Su quiosco ambulante apodado "El Gran Putas" es uno de los más antiguos de Cartagena. Obregón, Germán Espinoza, Cepeda Zamudio, Vinyes y García Márquez han sido algunos de sus clientes más famosos. "Los que saben leer" siempre llegan hasta ella. Ana Sofía es la única vendedora que acepta monedas extranjeras. Después de treinta años, ha hecho una colección de más de 1000 billetes y monedas que muchos envidiarían".

Índice

EL PARQUE ESCONDIDO

Textos de iniciación, potentes voces nuevas, registros singulares, hallazgos. La felicidad del tono propio.

El fin de la noche, constelación de narrativa y poesía hispanoamericana. Con publicaciones de cuidado artesanal y soporte imperecedero, el sello integra la tecnología de edición más avanzada -impresión bajo demanda, libre acceso de lectura online y distribución digital internacional que permite que los libros estén siempre disponibles- a la delicada paciencia para el armado de cada título.

Que los libros luminosos jamás se agoten.

Puede conseguir nuestros títulos desde cualquier ciudad del país y del mundo. En nuestra página www.elfindelanoche.com.ar encontrará la red de librerías virtuales nacionales e internacionales asociadas.

Por cualquier consulta, por favor contáctese a info@elfindelanoche.com.ar